UN MIRACLE

VICTORIA MAS

UN MIRACLE

roman

ALBIN MICHEL

« Elle ne m'a rien dit, mais j'ai tout compris. »

Alphonse Ratisbonne

« Tout est plein de jour, même la nuit. »

Victor Hugo

Le 18 juillet 1830

Le couvent est endormi. Plus une robe ne traverse les couloirs. Les silhouettes à cornette ont déserté le cloître et ses galeries. Comme chaque soir, les complies terminées, les Filles sont remontées dans le dortoir, sans un mot, car le silence lui aussi est prière. Les fenêtres sont ouvertes. L'air est tiède encore. Dans les jardins, une chouette s'éveille, guette les rongeurs du haut de sa branche. Un écho lointain, celui de sabots, rappelle que la ville est juste en dehors de ces murs ; les calèches redescendent la rue du Bac, longent au trot l'enceinte de la Maison Mère. Pas une brise ne vient rafraîchir cette nuit de juillet. Au cœur du couvent, une cloche retentit soudain : la chapelle sonne les onze heures. Elle seule rythme un temps qui n'est plus tout à fait celui des profanes. Son timbre grave pénètre dans le dortoir, survole les lits, sans les faire tressaillir : allongés sous les draps, les corps poursuivent leur repos. Aucun froissement ne trahit d'éveil. Le couvent enseigne aux Filles à ne plus se laisser distraire par le monde.

– Sœur Labouré !

La jeune sœur Catherine ouvre les paupières, survole les rideaux blancs qui isolent son lit. Personne. Elle tend l'oreille, écoute le dortoir. Quelques toussotements. Des respirations paisibles. Aucune sœur n'a appelé son nom : elle a confondu le songe avec l'éveil. La fatigue la rappelle. Elle tire le drap sur son épaule, ferme à nouveau les paupières. Depuis son entrée chez les Filles de la Charité, elle rencontre le sommeil sans mal, s'assoupit avec la quiétude de celles qui débutent leur vie apostolique.

– Sœur Labouré !

Son corps se redresse, retient son souffle. Elle en est certaine cette fois, une voix l'a appelée. Sans bruit, elle se penche en avant, écarte le rideau qui sépare son lit de l'allée. Son geste se fige. Face à elle, un enfant la regarde, serein, comme si sa présence était normale, comme s'il n'y avait rien d'étonnant à ce qu'il fût ici, dans le dortoir des sœurs, à une heure si tardive. Immobile, la novice dévisage celui qui l'attend : au pied de son lit, cet enfant est lumière.

– Levez-vous et venez à la chapelle, la Sainte Vierge vous attend.

Aux alentours, pas un drap ne frémit ; l'enfant n'a réveillé qu'elle. Sans questionner son propos, sœur Catherine jette un œil vers la porte : le bois grince dès qu'on pousse sa poignée, un son des plus désagréables et qui empêche toute discrétion. Quitter le dortoir ne serait pas prudent : elle réveillerait sûrement les autres. Sa pensée fait sourire l'enfant.

– Soyez tranquille, tout le monde dort bien. Venez.

Il tourne les talons et s'éloigne sans attendre. D'un bond, sœur Catherine descend du lit, enfile sa robe, prestement, sans céder au doute, car douter de l'invraisemblable ne relèverait d'aucun mérite. Elle rabat sa coiffe sur ses cheveux et s'éclipse du dortoir.

À l'extérieur, la nuit surprend par sa clarté. On distingue, comme en pleine campagne, les étoiles qui parsèment le ciel nu, la lune décroissante qui nimbe les toitures parisiennes. Une lueur bleutée pénètre par les fenêtres, dissipe les ombres dans le couloir. Sans un regard vers la nuit claire, sœur Catherine traverse le couvent. Son pas est fébrile. Chaque bruit suspend son souffle, alerte son regard. Des sœurs veilleuses se relayent à minuit, peuvent à tout instant surprendre sa présence. À sa gauche, l'enfant avance d'un pas serein, certain que leur chemin ne croisera aucune sœur, confiant en son halo qui écarte tout ce qui va contre sa volonté. Cette lumière douce enveloppe son corps, de ses cheveux bouclés à ses pieds nus, et sœur Catherine se garde de demander d'où celle-ci lui vient. Elle n'interroge rien à vrai dire : là est le plus sûr moyen de rester sans réponse. Au pied de l'escalier, la chapelle est close. Sans ralentir le pas, le garçon touche la porte du doigt, l'ouvre sans effort. Sur le seuil, la novice s'immobilise : des cierges par centaines illuminent la petite chapelle. Une veillée. Elle a oublié. Elle a manqué le début de la liturgie, trouble à présent le recueillement par son retard. Cette négligence ne manquera pas d'être sanctionnée par la mère supérieure. Son regard survole la nef, cherche les autres novices en prière. Les bancs sont vides. L'autel déserté. De l'entrée jusqu'au chœur, la chapelle scintille de flambeaux sans une seule âme présente. Près du sanctuaire, sœur Catherine aperçoit l'enfant qui l'attend. Elle le rejoint. Ses pas font craquer le plancher. La chapelle est modeste, dénuée de fioritures, seules viennent y prier les religieuses de la Maison Mère. Aujourd'hui encore, lorsqu'elle pénètre en ce lieu, la jeune novice se remémore ce songe qui a appelé sa foi, quelques années auparavant, alors qu'elle était encore laïque : cette nuit-là, un visage lui était apparu, celui d'un vieil homme, la tête couverte d'une calotte noire, un col blanc soulignant son visage ridé, son sourire tout empreint d'altruisme et d'amitié : « Un jour, vous serez heureuse de venir à moi. Dieu a ses desseins sur vous. » Elle avait découvert, peu de temps après, un tableau figurant Vincent de Paul, et elle avait reconnu ce visage, la calotte, le regard où ne se lisaient ni l'orgueil ni le mépris : ce prêtre dont elle avait rêvé était le fondateur des Filles de la Charité. Les rêves n'étaient jamais autre chose que des rencontres.

Au pied de l'autel, sœur Catherine jette un œil aux alentours, observe l'enfant en espérant une parole de sa part : semblable aux statues, ce dernier ne souffle mot, contemple la nef déserte. Sans savoir quoi faire d'autre, elle s'agenouille face aux marches. Elle écoute. Le craquement du bois dans les mezzanines. La flamme d'un cierge qui crépite, puis expire lentement. Un courant d'air qui s'immisce sous la porte. La cloche retentit brusquement, emplit la chapelle d'un grondement semblable au tonnerre. Douze coups sonnent minuit. Le dernier écho s'estompe, et la nuit est silencieuse à nouveau. La novice compte le temps. Ses paupières se referment, s'ouvrent aussitôt. Son corps chancelle, bascule en avant, se redresse, dans une lutte contre l'épuisement qui semble d'avance perdue. Ses paupières à nouveau se ferment. Elle s'apprête à céder lorsque, près d'elle, la voix de l'enfant murmure :

– La Sainte Vierge est là.

Son corps se raidit. Ses mains se rejoignent contre sa poitrine. Sa respiration cesse. Dans son dos, un froissement. Une robe. Le froissement d'une robe, oui, qui avance et s'approche. Sœur Catherine étreint un peu plus ses doigts contre son sein, perçoit la présence maintenant tout près d'elle : là, sur les marches menant à l'autel, le pan en soie, une soie d'un blanc comme elle n'en a jamais vu, ni l'hiver en campagne, ni en ville dans les plus belles toilettes, un blanc qui ne peut possiblement se retrouver sur terre, et cette robe immaculée est doublée d'une cape azurée, un azur qui n'est pas tout à fait celui du ciel, ni même celui de l'eau, un azur qui présage d'un ailleurs, celui-là même vers lequel tout en elle tend depuis son entrée chez les Filles de la Charité.

En haut de l'autel, la silhouette prend place sur un fauteuil en velours.

– Voici la Sainte Vierge.

La voix de l'enfant ne la fait pas réagir. Celle qu'on lui annonce ne peut pas apparaître ainsi, de la plus simple façon, comme n'importe quelle religieuse du couvent, assise à présent sur ce fauteuil élimé et poussiéreux, patientant à la seule lueur vacillante des cierges. Sœur Catherine dévisage l'étrangère, cherche en vain un trait, un signe qui lui permettrait de reconnaître celle qu'elle prie depuis l'enfance. Sa perplexité finit par agacer l'enfant, celui-ci avance d'un pas et, dans le chœur, ce n'est plus sa voix qui gronde, mais la voix grave et autoritaire d'un homme :

– Voici la Sainte Vierge !

L'écho ébranle la novice. Soudain, comme si le trac avait jusqu'alors entravé sa vue, elle l'aperçoit enfin. Le visage diaphane sous le voile. Le halo qui nimbe la silhouette. La grâce de cette seule présence. Un élan pousse son corps en avant. Ses jambes quittent leur léthargie, atteignent le fauteuil où trône la figure auguste. Son cœur bat à ses tempes. Instinctivement, ses mains se posent sur les genoux saints, s'appuient à cette faveur qui lui est faite. Son regard se relève, contemple le sourire penché vers elle.

Oui, elle la reconnaît à présent. On la reconnaissait toujours.

I

UNE RELIGIEUSE

De nos jours

Des goélands survolèrent le vieux port. C'étaient les derniers passages du jour : au-dessus de Roscoff, la lumière déclinait déjà. L'hiver rappelait tôt ses heures, invitait chacun à rentrer. Le long du quai, un voyageur descendait vers la route. Son sac de randonnée dépassait de ses épaules, un bonnet protégeait son front du vent. Il avançait, les mains cramponnées aux bretelles de son sac. Sur le chemin, des gamins chahutaient, se penchaient au-dessus du bassin, pointant du doigt les pattes de crabes et les coquilles d'huîtres au fond de l'eau. Leurs grands-parents les mettaient en garde, leur rappelaient que l'homme ne pouvait tomber là où il était né, car si l'eau avait jadis été son berceau, la terre était désormais sa maison.

Le voyageur traversa pour rejoindre l'Abribus. Le banc était inoccupé. Il se délesta de son sac, cambra son dos, étira ses membres, sans entendre les pas qui s'approchaient derrière lui.

– Vous avez du feu ?

Il se retourna. Face à lui, une femme fluette, petite, d'un âge avancé, portant l'habit bleu des Filles de la Charité. Celle-ci leva sa cigarette et devina sa pensée :

– Les sœurs aussi ont de mauvaises habitudes.

Le voyageur fouilla dans ses poches et en sortit un briquet. Prenant garde à son voile que le vent battait, sœur Delphine alluma sa gauloise. Elle le remercia et s'en alla prendre appui contre le parapet. Au-dessus du port, un rose vif, intense, teintant les nuages en mouvement, disant tout le froid des fins de journées d'hiver. Sœur Delphine sortit un papier de sa veste et le déplia :

Chère sœur Delphine,

J'espère que cette lettre vous trouvera dans un chagrin quelque peu apaisé. À la Maison Mère, nous pleurons encore le décès de sœur Bernadette. En la rappelant si soudainement, le Seigneur a sans doute estimé que sa mission sur terre était achevée. Nous nous consolons de cette pensée.

J'ai le plaisir de vous apprendre que vous ne serez bientôt plus seule. L'une de nos plus dévouées sœurs vous rejoindra au premier jour des vacances d'hiver. Sœur Anne Alice œuvre au sein de la Maison Mère depuis vingt ans, mais son histoire remonte à bien au-delà : à treize ans, elle venait déjà prier la Sainte Vierge dans notre chapelle. D'une certaine façon, cette maison a toujours été la sienne. Je précise qu'elle n'a jamais quitté la rue du Bac, et que cette mission provinciale est sa première. C'est elle-même qui a insisté pour venir à Roscoff et assurer cette permanence en binôme à vos côtés. Sans doute l'appel de la mer a-t-il eu raison de son quotidien citadin ! Ses qualités seront un atout précieux pour notre communauté.

Je vous la confie et vous garde chacune dans mes prières.

Sœur Françoise

Au bout de la route, les phares d'un autocar ; la lueur des feux se réfléchissait sur la chaussée humide. Le véhicule s'arrêta à l'Abribus, ouvrit ses portières à l'avant ; les premiers passagers descendirent. Parmi eux, une tête coiffée d'un voile bleu. Sœur Delphine remit la lettre dans sa poche et croisa ses mains sur ses genoux.

– Faites, Seigneur, qu'elle ne soit ni bégueule ni bécasse.

Laissant tomber son mégot, elle se redressa, fit un signe de la main ; au loin l'autre sœur finit par la remarquer. Celle-ci empoigna sa valise et quitta l'attroupement de voyageurs. La route depuis la capitale ne semblait pas l'avoir fatiguée : elle approchait d'un pas vif, soulevant son bagage sans effort, retenant les regards sur son passage. Elle était de ces silhouettes que la rue remarquait, sans pourtant chercher d'attention, et encore moins en tirer d'orgueil.

– Je suis sœur Anne.

Elle empoigna la main de sœur Delphine. Son étreinte était affectueuse. Quelques ridules plissaient le coin de ses yeux, des yeux d'un vert clair, tendres et pénétrants, inspirant la confiance et l'affection. Un voile dégageait son visage parfaitement symétrique, laissant apercevoir, au-delà du front, des cheveux ondulés et châtains. À la regarder, on en oubliait presque ce tissu bleu marine qui indiquait sa foi, ce col blanc qui rappelait son renoncement au monde, cette robe du même bleu qui l'avait engagée au service des plus pauvres : sœur Anne portait cet habit comme sa peau véritable.

– Je suis navrée pour sœur Bernadette.

Rien n'émouvait moins sœur Delphine que ce décès, la défunte en question étant la pire pimbêche qu'elle ait eu à côtoyer ces deux dernières années ; d'un air nonchalant, elle écrasa sous son pied le mégot encore fumant.

– Oui, je l'ai beaucoup pleurée. Allons-y.

Elle tourna les talons et remonta vers la vieille ville. Le long des façades, des silhouettes habitaient le granit, discrètes, intriguantes : ici, au-dessus d'une porte en bois, un ange ; là, à l'angle d'une venelle, un saint ; gargouilles, armateurs, dragons, nichés partout dans cette ancienne cité de corsaires, pétrifiés depuis cinq siècles et semblant seulement s'éveiller maintenant que le soir approchait.

Au carrefour, sœur Delphine pointa du doigt une maison ancienne surmontée d'un clocheton.

– Là, c'est l'ancienne chapelle Sainte-Anne. Vous retrouverez ce nom souvent ici. Les Bretons vénèrent leur sainte patronne.

Elle jeta un œil par-dessus son épaule : personne ne la suivait. Elle longeait seule la route.

Au loin, sœur Anne avait traversé vers le quai et contemplait le vieux port, sa valise à ses pieds. Son regard scrutait la jetée, cherchant entre les bateaux arrimés ce que sœur Rose lui avait prédit. C'était il y a deux semaines. Les laudes venaient de se terminer. Dans le couloir, silencieuses, les Filles du couvent rejoignaient le réfectoire; sœur Anne suivait le mouvement, encore bercée par les prières de l'aube. Une main noueuse avait soudain empoigné son bras : «Un rêve m'est venu cette nuit : la Sainte Vierge t'apparaîtra en Bretagne.» Près d'elle, sœur Rose, souriant, comme chaque fois que la nuit lui avait annoncé l'avenir, comme chaque fois que le temps lui avait donné raison. Sa voix graillonnante avait encore chuchoté : «Je l'ai vue, aussi nettement que je te vois maintenant.» Les deux sœurs étaient entrées dans le réfectoire et n'avaient plus parlé. Trois jours étaient passés. Le couvent avait alors appris un décès dans une communauté provinciale : sœur Bernadette était morte, laissant sur place une religieuse qui ne pouvait assumer seule la permanence. Une volontaire était requise de toute urgence. La commune en question se situait à la pointe du Finistère Nord.

– Sœur Anne.

À son côté, sœur Delphine, grelottante, visiblement agacée; elle l'invita à la suivre et remonta le quai. Dans le ciel, les nuages étaient anthracite désormais, pareils à des nuages d'orage, enténébrant le port et la ville de granit. «Un rêve m'est venu cette nuit : la Sainte Vierge t'apparaîtra en Bretagne.» Sœur Anne empoigna sa valise et se tourna une dernière fois vers le bassin, par précaution, comme si cette promesse pouvait s'incarner à tout instant. «Je l'ai vue, aussi nettement que je te vois maintenant.» Dans l'obscurité, un ronronnement : un bateau de plaisance revenait de mer, s'approchait des embarcadères arrimés; au cœur du bassin, des silhouettes blanches par dizaines ballottant au gré des remous, ballet fantomatique sur l'eau opaque. Le bateau coupa son moteur, devenant spectre parmi les autres. La nuit rappelait à la terre, et chacun respectait cette loi.

Sans se faire plus attendre, sœur Anne s'empressa de remonter le quai sous les réverbères.

– Tu as prévu quelque chose pendant ces vacances ?

Sa mère plongea l'assiette dans l'eau de l'évier, la récura à l'éponge. À côté, essuyant un verre qu'elle venait de lui tendre, Hugo sourit d'un air amusé.

– Je ne me suis pas inscrit à un club de sport, si c'est ce que tu demandes.

– Ça te changerait, une activité physique. Il y a ce club de foot à Saint-Pol-de-Léon. Du basket, sinon.

Elle retira l'assiette de l'eau, la rinça sous le robinet ouvert ; l'eau brûlante s'évaporait au-dessus de l'évier, déposait sa buée sur les carreaux ; de l'autre côté de la fenêtre, la nuit confondait les sentiers de l'île.

– Et si tu ne veux pas courir derrière un ballon, pourquoi pas les arts martiaux ? Le judo, par exemple ? C'est une discipline qui pourrait te plaire.

Elle jeta un œil par-dessus son épaule, aperçut sans surprise le sourire ironique que lui adressait son fils. Des fossettes ponctuaient ses joues charnues. Un duvet brun soulignait sa lèvre supérieure, sans toutefois estomper ses traits juvéniles. Hugo avait fêté ses seize ans quelques jours plus tôt et traversait l'adolescence sans s'en soucier, sans contester les ordres, sans recourir à la révolte pour asseoir son identité. Certaines jeunesses se passent de fureur lorsqu'elles ont trouvé l'étude.

– N'importe quel sport. Ça ferait plaisir à ton père.

Le téléphone retentit dans la pièce voisine et la fit sursauter : aucun appel n'était prévu avant deux jours. Elle s'empressa de couper l'eau, remit l'assiette mouillée à son fils, retira avec peine ses gants de ménage, tandis que la voix de son époux s'élevait dans le salon :

– C'est Mathias !

– J'arrive !

Hugo sécha l'assiette, indifférent à l'effervescence que soulevaient ces appels : depuis son départ de la maison, son frère aîné avait fait de son absence une nouvelle qualité.

Sa mère balança les gants sur le bord de l'évier.

– Tu peux terminer sans moi ?

Il acquiesça, sans reproche, et sa mère s'approcha de lui, passa sa main dans ses épais cheveux bruns pareils aux siens.

– Fais un effort, Hugo. Ça vous rapprocherait.

Elle tourna les talons et quitta la cuisine. La pièce fut silencieuse. Sans se presser, Hugo ouvrit le placard, rangea l'assiette par-dessus les autres. Il s'était parfois demandé si son frère ne le faisait pas exprès, s'il n'appelait pas précisément à cet instant, après le repas, afin qu'il se retrouvât seul avec la vaisselle, rappelant là qu'il pouvait encore le narguer même d'un autre continent. Il regrettait aussitôt cette pensée, on lui opposait trop son frère pour qu'il en fît autant lui-même. Sur la fenêtre, la buée étouffait la vitre. Il passa la main sur le carreau, examina la nuit qui surplombait la côte : plus un nuage ne murait le ciel. Les étoiles étaient à nouveau visibles. Un sourire éclaira son visage. Il s'empressa de finir la vaisselle, passa un dernier coup d'éponge dans l'évier, puis il sortit de la cuisine, remontant les marches deux par deux. Dans sa chambre, il alluma la lampe sur son bureau, un globe lumineux reproduisant la surface de Mars jusqu'à ses cratères ; au-dessus de son espace de travail, des posters des constellations, des cartes du système solaire. Il s'empara d'un cutter et s'agenouilla sur la moquette face au colis. Depuis son anniversaire, Hugo s'était interdit d'y toucher, se promettant de ne l'ouvrir qu'un soir où le ciel serait sans un nuage. Il s'attela au scotch, écarta l'emballage, découvrit le papier bulle qui protégeait deux ans de requêtes auprès de ses parents. Il souleva l'objet avec précaution : la lunette astronomique pesait moins lourd qu'il ne le pensait. Ses mains apprivoisèrent l'instrument, étudièrent la monture, les oculaires, le tube optique, parcoururent les pages de la notice d'utilisation, l'exploration du ciel commençait là, déjà, à genoux sur la moquette, le visage concentré sur les mécanismes de l'outil, au cœur de cette chambre où s'appréciait tout ce que l'homme ne pourrait jamais entraver, l'univers et ses mondes. Jetant un œil à sa montre, il se releva hâtivement, poussa la boîte vide près de livres qu'il n'avait pas encore feuilletés ; il avait récemment découvert la théorie des univers parallèles et avait commandé les ouvrages de Brian Greene et Michio Kaku sur le sujet. Il enfila son anorak, s'empara de sa lunette et quitta sa chambre. Dans le couloir, ses pas ralentirent devant une porte fermée : de l'autre côté, ni mouvement ni bruit. Julia dormait sans doute. La nuit précédente, elle avait toussé jusqu'à l'aube, et Hugo avait sursauté chaque fois que le sifflement rauque avait récidivé, chaque fois que ses parents étaient venus se relayer à son chevet. Sa sœur cadette, depuis sa naissance, composait avec des nuits où son souffle menaçait de ne pas revenir. Il évita de frapper à sa porte et descendit les escaliers.

Dans le salon, la télévision était allumée :

– « … autre fait d'actualité, ce séisme de 4,7 qui s'est produit au large des côtes du Finistère, et dont les secousses ont été ressenties jusqu'à Brest et Quimper. Aucun risque de raz-de-marée n'est cependant à craindre pour les habitants des côtes… »

Sur le canapé, son père regardait la fin du journal télévisé. Un bras s'étendait sur l'accoudoir, l'autre sur le dossier en cuir. Michel Bourdieu regardait l'écran de la même façon qu'il fixait ses élèves, pénétré d'une autorité qui ne le quittait pas, même le soir venu, même lorsqu'il ne dispensait pas ses cours d'histoire à ses classes de lycée. Les coussins en vachette ployaient sous sa carrure, le plancher craquait sous les pieds du canapé. La présence de son père semblait peser sur chaque chose du salon.

– Où est maman ?

Michel Bourdieu s'empara de la télécommande et changea de chaîne, sans le regarder. Au-dessus du canapé, accroché au mur, un crucifix, et son Christ sur la croix, penché en avant, semblait contempler avec désolation le crâne dégarni du maître de maison.

– Elle est dans sa chambre. L'appel avec ton frère l'a bouleversée. Il y a eu une explosion à Ménaka, un véhicule piégé. Grâce à Dieu, Mathias n'a pas été blessé, mais deux soldats de son régiment sont morts.

Michel Bourdieu se retourna enfin, toisa à l'entrée du salon ce second fils qui n'avait ni la carrure ni l'aplomb du premier, dont la présence seule suffisait à soulever en lui un mépris qui lui échappait encore. Certains enfants se résument à ceux qu'on leur préfère.

– Tu sors ?

– Je vais utiliser ma lunette. Je reviens dans une heure.

– Il fait nuit dehors.

– C'est le principe.

Michel Bourdieu se détourna, l'air vexé. L'or d'une petite croix scintilla à son cou. Serrant la mâchoire, il changea de chaîne à nouveau.

– Évite de tomber dans l'eau, n'oublie pas que tu ne sais pas nager.

Dans le salon, la cacophonie d'un débat politique. Hugo fixa ce profil inflexible comme s'il lui était étranger, comme s'il lui fallait encore se convaincre qu'il descendait bien de cet homme. Un enfant n'est jamais vraiment sûr d'être du sang de ses parents.

Une brise effleurait les pelouses littorales. Refermant le portail derrière lui, Hugo descendit le chemin désert, une lampe torche en main. Il connaissait l'île à présent, mais n'osait pas encore se fier à la lueur bleutée des nuits dégagées ; jusqu'alors, seuls les lampadaires parisiens avaient éclairé ses trajets nocturnes. Il marcha. Le bruissement des vagues suivait ses pas, rappelait la présence de la grève en contrebas. En milieu de route, il tourna à droite, remonta le sentier entre les dunes. La mer dans son dos finit par se taire. C'était là, entre les herbes hautes, qu'il avait découvert le silence, un silence qu'il n'avait jamais entendu à Paris, où l'écho de la ville troublait chaque instant. Il lui avait fallu venir ici, habiter sur l'île de Batz, au large de Roscoff, marcher au cœur des dunes pour découvrir cette quiétude, comme une langue oubliée précédant toutes les autres, bien avant le tamoul et le sanskrit, la première langue qui s'était entendue sur terre. Il marcha. À gauche, s'élevant d'un recreux, les ruines d'une chapelle séculaire, lugubres, sorties tout droit de ces contes qui pétrifient les enfants au coucher. L'adolescent monta encore, finit par atteindre un plateau dégagé. Le ciel constellé, immense, surplombant l'île jusqu'à la mer immobile. On distinguait sans effort le maillage des étoiles, des fils diaphanes, graciles, liant les astres entre eux, tissant une chaîne scintillante qui dominait la baie ; à voir ainsi ce lacis suspendu, on en venait à songer que la première araignée, en fomentant son piège de soie, avait dû prendre cette toile céleste pour repère.

Hugo stabilisa le trépied dans l'herbe, l'éleva à la bonne hauteur, ajusta la monture. Le vent se fit plus prononcé et il rabattit sa capuche sur sa tête. Il orienta la lunette vers Mars, serrant les dernières fixations. L'instrument était prêt. Il s'approcha, pencha son visage au-dessus de l'observateur. Son œil n'eut pas le temps de s'habituer à la focale qu'un bruit détourna son attention : des pas approchaient derrière lui. Il fit volte-face, braqua sa lampe torche sur l'intrus : à quelques mètres, le visage grimaça sous la lumière. Hugo éteignit aussitôt sa lampe et la ramena contre sa poitrine.

– Excuse-moi, Isaac.

Le garçon était arrivé du chemin opposé sans une lampe torche, marchant à la seule lueur de la nuit claire, comme si les sentiers se passaient d'éclairage pour ceux que l'île avait vus naître. Isaac remarqua le trépied planté sur les pelouses.

– C'est un télescope ?

– Une lunette astronomique… On confond souvent les deux.

– Je peux regarder ?

Son visage pâle approcha dans la nuit, pareil à ces apparitions qui visitent les songes. La finesse de ses traits, ses cheveux bouclés tombant sur son front, cette délicatesse qui n'avait pourtant rien de fragile. Il se pencha vers l'observateur et Hugo demeura coi, ne sachant quoi faire de ses mains, découvrant qu'elles tremblaient un peu ; il les ramena dans son dos.

– J'ai orienté la lunette vers Mars. Tu peux même la voir à l'œil nu, c'est le point orange qui scintille là-bas, juste en dessous de la constellation du Bélier. Ce qui donne à cette planète sa teinte rougeâtre, c'est l'oxyde de fer, de la rouille, en gros. Ses roches en sont recouvertes. La couleur varie en fonction des tempêtes de sable qui balayent sa surface. Tu peux examiner la planète tout au long de l'année, elle ne sera jamais la même… Après, la lunette ne permettra pas d'en avoir une vue très précise : on ne pourra pas voir ses cratères, ni les dépôts de glace sur ses pôles. Mais bon, on peut déjà s'en rapprocher un peu. Quand tu penses qu'en ce moment, elle est à soixante millions de kilomètres de nous… c'est presque émouvant.

La brise, désormais silencieuse. On ne l'entendait plus agiter les rameaux des ajoncs, courir les dunes, traverser les pelouses ; elle semblait suspendue, tournée vers la voix du garçon, appelée par cette vibration familière, le lien entre les choses du monde.

Hugo sentit ses joues s'empourprer, embarrassé par cette parole qui avait dépassé sa pensée. La première fois qu'il avait été en présence d'Isaac, il n'avait su dire autre chose que son prénom. Ce jour-là, son père étant retenu à une réunion, Hugo avait pris le bus à Saint-Pol-de-Léon, ravi de ce retour autonome ; il était descendu au vieux port de Roscoff, remontant jusqu'au deuxième bassin où attendait la vedette. À peine sur le bateau, il s'était arrêté : sur le dernier banc, tourné vers le hublot, Isaac, seul. Depuis la rentrée, Hugo l'avait croisé à plusieurs reprises, sur l'île souvent, le long de la grève blanche, sur la route où ils habitaient tous les deux, mais aussi chaque jour au lycée, dans le préau lors des pauses, au sortir du réfectoire, et ce visage sans malice, sans arrogance, était le seul qu'il regrettait de quitter à la fin des cours. Derrière les passagers, l'apercevant à son tour, Isaac lui avait fait signe de venir s'asseoir, et Hugo avait avancé, sans bien savoir si le bateau tanguait sous ses pieds ou si ses pas étaient chancelants. Il avait pris place sur le banc en bois, soufflant son prénom, sans être sûr qu'Isaac l'eût bien compris. Dès cet instant, il n'avait pas perçu la marche arrière du bateau, le lent départ du port, la traversée sur l'eau qui d'habitude lui causait le mal de mer : pour la première fois, son attention était retenue sur terre.

Délaissant la lunette astronomique, Isaac lui adressa un sourire.

– C'est toi qui devrais donner les cours de science au lycée… Je dois rentrer, mon père va s'inquiéter.

Hugo regarda sa silhouette s'enfoncer dans l'obscurité du sentier. Il retourna vers sa lunette astronomique, lentement, incapable de voir autre chose que le visage qui venait de le quitter.

«… pour toute demande complémentaire sur la formule A (permis bateau fluvial), n'hésitez pas à venir dans notre école de Roscoff, ou à me contacter directement au 07 47…»

Alan cessa de tapoter sur le clavier : à l'entrée de la maison, la porte se refermait doucement. Il tendit l'oreille, guetta de son bureau le couloir allumé en face. Un instant. Son fils apparut, sa parka boutonnée jusqu'au col, ses chaussures dans une main, longeant le mur pareil à une ombre, espérant qu'il n'entendrait pas son prénom dans son dos.

– Isaac.

L'adolescent se figea ; un soupir affaissa ses épaules. À contrecœur, il revint sur ses pas, s'arrêta à l'embrasure de la porte. Derrière l'ordinateur, la lueur de l'écran éclairait le visage fourbu de son père, trahissant un manque de repos qui allait au-delà de ses insomnies. Une barbe naissait depuis quelques jours, recouvrait sa mâchoire d'un poivre et sel identique à celui de ses cheveux en bataille ; seuls ses sourcils préservaient leur nature parfaitement brune, unique trait du visage que le deuil paraissait avoir épargné.

– Il reste des pâtes dans le frigo.

– J'ai dîné chez Madenn.

Un sifflement dans la pièce : la brise passait sous la fenêtre entrebâillée, parfumant le bureau d'une note salée. Sur sa chaise, Alan se raidit, chercha d'autres mots, hésita à poursuivre ; il connaissait toute la fragilité de ces échanges, savait que son fils pouvait à tout instant lui tourner le dos, renoncer à ce dialogue qu'aucun des deux ne savait initier et encore moins achever. Il l'observa patienter sur le seuil, ses joues encore rougies par le froid, ses boucles tombant sur son front, sa douceur intacte depuis son enfance. Cette douceur avait valu à Isaac, dès son jeune âge, de susciter l'embarras des adultes, qui hésitaient à appeler l'enfant *il* ou *elle*, puis de recevoir les éloges propres aux garçons qui partagent la tendresse des filles. Les années étaient passées, l'âge n'avait pas altéré la finesse de ses traits, et à l'adolescence, les regards avaient changé ; les compliments s'étaient mués en railleries, et Isaac avait découvert la violence ; à plusieurs reprises, il était revenu du collège la lèvre tuméfiée, la paupière noircie par un poing, auteur malgré lui d'un trouble qui disait les faiblesses des garçons de son âge. Chaque fois qu'il avait vu son fils blessé passer la porte, Alan avait dû taire sa colère et soigner cette iniquité sans rien dire : après avoir connu le deuil, Isaac devait maintenant connaître la différence.

– Bonne nuit, papa.

Son fils s'éclipsa, Alan l'écouta monter les escaliers jusqu'à l'étage. La porte fut refermée. Les chaussures tombèrent sur le sol, le plancher craqua sous le lit. Tout bruit cessa dans sa chambre. À tort, Alan crut son fils endormi. Il ignorait tout du rituel qui avait lieu une fois la porte close : allongé sur son lit, un cadre photo entre les mains, Isaac contemplait le portrait, longuement, défiait le sommeil qui venait le trouver ; il sentait parfois ses paupières se baisser et luttait encore, prolongeait cet échange avec sa mère, puis le cadre glissait de ses mains et il abandonnait, se laissant sombrer dans une nuit sans rêves.

Au pied du magnolia, le tricycle est oublié sous la pluie. Des flaques embourbent la pelouse et le parterre de jacinthes. Ces fleurs, sa grand-mère les a plantées au dernier automne ; l'arbre vit au cœur de cette terre depuis sa naissance. Derrière la fenêtre, sœur Anne contemple le jardin que gâte l'averse. Elle aurait dû ranger son tricycle dans le garage ; sa grand-mère lui a pourtant appris que l'eau rouille le métal. Dans son dos, un froissement. Elle se retourne, découvre la pénombre d'une chambre. L'orage a plongé le jour dans une nuit précoce. Ses yeux distinguent les poupées qui jalonnent les étagères ; celles-ci viennent d'être reposées, car l'heure n'est plus au jeu. Sur le lit, le singe en peluche écoute de sa seule oreille gauche le carillon sur les tuiles du toit. Aucun jouet ne traîne. Seule, une présence attire son attention : sur le rebord du lit, assise, une silhouette lui tourne le dos. Une fillette. Spontanément, sœur Anne s'éloigne de la fenêtre. Ses pas contournent le sommier, lentement, effleurant la moquette, tâchant de ne pas apeurer l'enfant immobile.

Celle-ci ne voit pas la religieuse qui arrive à sa hauteur : son regard fixe la porte fermée. Elle attend. Les solives craquent par endroits. L'humidité refroidit les tapisseries. Un grincement retentit soudain dans la maison : le bois de l'escalier. Des pas montent les marches. Quelqu'un vient à l'étage. Un souffle traverse la chambre, transit les mains de sœur Anne. Elle lève son regard vers l'enfant : l'effroi a pétrifié le visage rivé vers la porte. La porte. D'un bond, elle l'atteint, tâte l'obscurité de ses deux mains, cherche une clef, une targette, un verrou, tout ce qui pourrait empêcher l'accès à cette chambre. De l'autre côté, les pas gravissent l'escalier, sans se hâter, car le plaisir aussi est là, dans cette échéance qu'ils retardent, dans cette ascension qui précède l'arrivée, et ces pas s'alourdissent, jouissant d'être entendus, jouissant d'être déjà dans la chambre avant même d'en avoir passé le seuil. Derrière la porte, sœur Anne s'impatiente, cherche encore, survole la pièce à la recherche d'un coffre, d'une chaise, n'importe quel poids à caler contre l'entrée. Son regard s'arrête sur l'enfant : dans la pénombre, le visage exsangue s'est déformé. Un cri tord la bouche, un cri figé, incapable de sortir, semblable à ces souffrants qui aperçoivent soudain la mort, seules les petites mains agissent encore, empoignent la jupe et la tirent vers les genoux, tentent de recouvrir les jambes nues, de protéger ce qu'on vient chercher. Un craquement sur le palier : il a atteint l'étage. Instinctivement, sœur Anne plaque son corps contre la porte, fait barrage contre les pas qui approchent ; la poignée tourne, devine la résistance, insiste, sœur Anne ne flanche pas, elle ancre ses pieds dans la moquette, redouble la pression, mais la porte réussit à s'entrouvrir : de l'autre côté, la force qui s'impose est supérieure à la sienne. La rage la fait tenir et elle persiste, lutte encore, refuse de faiblir malgré la porte qui continue de s'ouvrir, malgré les souliers qu'elle aperçoit dans l'entrebâillement, et elle tourne ses yeux désolés vers l'enfant, se sent brusquement poussée en arrière. Son corps s'écroule sur la moquette. Elle relève le visage : sur le seuil de la chambre, il est venu à nouveau.

Son corps se redressa sur le lit. Elle inspira l'air, pareille à ces plongeurs qui reviennent à la surface. D'un mouvement, elle recula sur le matelas, se rencogna contre le mur et empoigna sa chemise de nuit, recouvrit ses jambes nues jusqu'à ses chevilles. Ses yeux sondèrent l'obscurité. La forme d'une armoire. Les pieds d'un bureau. Un crucifix au-dessus de la porte. Personne. La chambre était vide. Son cœur cognait ; sœur Anne l'entendait à présent. Elle enlaça ses genoux et se recroquevilla. Ses cheveux ondulés glissèrent sur son épaule, effleurèrent son bras nu. Elle n'osa pas se lever encore. Au couvent, lorsque ce rêve venait la retrouver, elle s'emparait d'un gilet et quittait sa cellule ; elle traversait le couloir d'un pas feutré, se repérant à la seule lueur de la nuit qui pénétrait par les fenêtres ; elle descendait aux jardins et arpentait les allées, chassant les dernières sensations, répétant une prière pour contrer ce mal qui avait su la rattraper. On ne l'avait jamais surprise : le passé ne revenait qu'en l'absence de témoin.

Ses pieds glissèrent hors du lit, embrassèrent le plancher froid. Elle s'empara d'un châle sur la chaise et l'enroula autour de ses épaules ; la laine réchauffa sa peau. Sans bruit, elle approcha de la fenêtre, ouvrit doucement les battants ; un parfum de salure la saisit par surprise, raviva tous ses sens. Au pied de l'immeuble, des lampadaires éclairaient la ruelle déserte. Quelques voitures étaient garées en bataille sur le parking. Des troènes longeaient la route, séparaient celle-ci de la promenade qui s'étirait le long des remparts ; au-delà, on devinait la mer sans l'apercevoir. L'obscurité envahissait l'espace. Une lueur apparut à l'horizon, glissa sur l'eau, disparut aussitôt. Un phare. Ses yeux scrutèrent l'obscurité, finirent par distinguer un scintillement, un deuxième encore, un autre à nouveau : des lumières dessinaient, au loin, les sinuosités d'un rivage. « Un rêve m'est venu cette nuit : la Sainte Vierge t'apparaîtra en Bretagne. » La voix de sœur Rose chuchota à son oreille, lui rappela pourquoi elle était venue jusqu'ici, à cette frontière avec la mer, dans cette commune que pas une gare ne desservait ; elle qui n'avait jamais quitté le couvent, n'avait jamais été curieuse d'une quelconque mission provinciale, contente de demeurer entre les murs de la rue du Bac, au sein de cette Maison Mère qu'elle avait choisie comme la sienne à l'aube de ses treize ans. «Je l'ai vue, aussi nettement que je te vois maintenant.» Ces mots revenaient, telle une antienne, telle une promesse qui répondait au vœu qu'elle portait depuis cet âge, lorsqu'elle ne s'appelait encore qu'Alice. C'est sœur Rose justement, la première, qui avait remarqué sa présence au sein de la chapelle immaculée; une présence quiète, agenouillée au pied de l'autel, le visage relevé vers la statue mariale qui s'élevait sous le chœur; sœur Rose s'était un jour approchée, avait tendu la main à cette jeune fille sans mère et trahie par son père, qui venait trouver en la Vierge ce que ses deux parents lui avaient refusé, à savoir une présence, mais aussi et surtout la chasteté; elle lui avait montré la relique de sainte Catherine Labouré, là, à droite de l'autel, allongée dans cette châsse en verre, vêtue de son habit d'époque, son sourire immobile sous la cornette blanche, un chapelet noir enlaçant ses mains en prière; elle lui avait raconté comment sœur Catherine Labouré avait rencontré la Sainte Vierge, une nuit, en haut de ces mêmes marches, dans l'un de ces miracles prouvant que toute prière, tant qu'elle vient du cœur, est toujours entendue. Les années avaient suivi, et sœur Rose avait vu cette adolescente timorée faire ses premiers pas de postulante, prendre son voile de novice, choisir son prénom consacré, sœur Anne, afin d'honorer la mère de la Très Sainte, puis prononcer trois ans plus tard ses vœux religieux, devenir à son tour Fille de la Charité, digne descendante de Louise de Marillac et de Catherine Labouré; elle avait regardé le visage s'épanouir sous le voile, les gestes gagner en confiance, cette grâce toute particulière qui appelait naturellement l'affection, comme si sœur Anne était déjà de ces bienheureuses à qui la Vierge était apparue.

Le phare perça à nouveau la pénombre ; appuyée à la fenêtre, sœur Anne observa la lumière traverser la surface de l'eau avant de s'éclipser encore. La côte voisine miroitait, émaillant la nuit de clartés, et dans cet espace sans lisière, il lui sembla qu'elle contemplait, à cet instant, le contour d'une constellation.

Les cloches retentirent. Dans les balustrades, les goélands affolés se dispersèrent au-dessus du clocher renaissant. Une éclaircie passait, changeant le granit en un ocre pâle, réchauffant les caravelles de pierre encore humides. L'église carillonna, répandit l'annonce de la messe jusqu'au vieux port de Roscoff.

– Pas tous à la fois !

Sur le parvis, un attroupement s'était formé : les fidèles se serraient, tendaient le cou, approchaient de celle qui suscitait toutes les curiosités. Parmi eux, le jeune prêtre se frayait un chemin, levait les mains pour tempérer cet enthousiasme. Enfant du pays, père Erwann avait récemment débuté sa prêtrise à l'église Notre-Dame de Croas-Batz ; son visage glabre et candide, sa trentaine à peine dépassée avaient d'abord éveillé la méfiance des paroissiens, qui arguaient que des épaules trop immatures ne pourraient supporter longtemps la charge d'une soutane. Dès le premier dimanche, ce nouveau prêtre avait séduit par un sermon tout en nuances et en esprit ;

son sens inné d'autrui, sa bonhomie naturelle avaient su définitivement faire taire ces réflexions sur sa jeunesse : père Erwann était de ces curés dont la vocation avait su mûrir avant l'âge.

– Doucement, c'est son premier jour !

Au cœur des attentions, sœur Anne serrait les mains, appuyait ses phrases d'un sourire, touchait les épaules, spontanément, comme si elle avait toujours vécu ici, comme si elle avait connu chaque paroissien déjà ; elle se penchait vers un visage, ancrait ses yeux verts dans ceux en face, et seul cet échange importait, vibrait d'une qualité qu'elle avait su déceler. Au sein de la petite foule, l'éclaircie semblait ne toucher qu'elle, cette sœur entre deux âges, gracile et avenante, apportant à chacun ce sentiment émouvant d'être enfin reconnu.

– Sœur Anne, je crois que vous n'avez pas encore rencontré Michel Bourdieu.

Aux mots du prêtre, sœur Anne se retourna, vit approcher une silhouette à contre-jour : la carrure, intimidante, éclipsait entièrement les rayons vifs, écartait les fidèles sur son passage ; autour du cou, une croix en or scintillait sous les rayons.

– Ma sœur.

La main rugueuse empoigna la sienne, étreignit ses doigts graciles, d'une façon qui testait la poigne et donc le caractère, et sœur Anne le comprit, soutint son emprise sans ployer, laissa entendre qu'elle avait serré d'autres mains déjà, des mains désespérées, des mains qui voulaient l'éprouver, qu'elle n'avait cédé à aucune et que celle-ci ne ferait pas exception.

– Récolte de dons, recrutement des bénévoles, organisation des cours de catéchisme… je me demande parfois si Michel dort vraiment la nuit !

Sans remarquer ce jeu de pouvoir, le jeune prêtre s'approcha de Michel Bourdieu, vantant son investissement auprès de la paroisse, ses qualités d'homme de foi et de père de famille ; sœur Anne observait celui dont on faisait l'éloge, la rigueur qui serrait la mâchoire, l'angoisse qui assombrissait l'œil et dont elle ne devinait pas encore l'exacte nature ; sans le quitter des yeux, elle lui sourit avec une ironie non dissimulée.

– Je vois que Michel Bourdieu a toutes les qualités d'une Fille de la Charité.

Sa remarque surprit l'homme, et elle sentit la main épaisse relâcher la sienne ; à son tour, il lui sourit, un sourire qui détendit ses traits, adoucit son expression, révéla même une certaine sympathie, comme si ceux qu'il n'intimidait pas, Michel Bourdieu les rassurait.

– Permettez-moi, sœur Anne, de vous présenter mon épouse.

Non loin, une femme attendait au soleil ; sa silhouette était chétive, presque fragile, et l'on se demandait comment elle pouvait porter la fillette dans ses bras. Elle serra tendrement la main de la sœur, révélant toute son affabilité ; vingt ans plus tôt, sa main avait serré de la même façon celle de Michel Bourdieu, sur un autre parvis, celui de Notre-Dame-des-Victoires, à Paris, où les deux étudiants commençaient leur premier jour de bénévolat ; cette seule étreinte leur avait suffi pour savoir qu'ils s'épouseraient, là, au sein de cette même église qui avait permis leur rencontre ; certaines évidences se passent des séductions d'usage.

– Celle qui fait sa timide, c'est Julia. On est venus s'installer ici pour elle, son asthme ne supportait plus Paris. Elle est fatiguée, elle a refait une crise la nuit dernière.

La fillette cachait son visage dans le cou parfumé de sa mère ; elle se retournait parfois, discrètement, observant de biais cette sœur qui lui rappelait ces statues saintes des églises ; des cernes soulignaient son regard ; elle semblait résignée à la menace de son corps, à ces nuits sans souffle et sans sommeil, cette existence qui se traversait seulement par la lutte.

– Nous avons aussi un fils aîné, Mathias, enrôlé dans l'armée de terre. Il est en ce moment au Mali. C'est notre fierté.

Au même instant, celui qu'il n'avait pas mentionné apparut, un adolescent brun et tendre comme sa mère ; à sa vue, Michel Bourdieu changea de ton :

– Lui, c'est Hugo.

Un nuage ombra le parvis. Les têtes se relevèrent, surprises par cette chape sombre que personne n'avait vue venir ; on se dispersa, anticipant la pluie qui s'annonçait. L'épouse de Michel Bourdieu fit un pas vers sœur Anne, l'invita à venir les voir sur l'île de Batz, puis ils s'en allèrent à leur tour, contournèrent l'enclos qui encerclait les pelouses de l'église ; Michel Bourdieu délesta les bras de sa femme, hissa sa fille sur ses épaules. Sœur Anne observa cette famille marcher d'un même pas, suivre un rythme qui lui était propre, et il lui sembla que rien ne serait susceptible d'atteindre cette structure ardemment préservée.

Des gouttes tombèrent dans l'assiette. Goulven releva la tête, sentit d'autres gouttes atterrir sur son front : la pluie tombait sur l'île. Rouspétant, il recula sa chaise sur le gravier, s'empara de son assiette et poussa la porte du restaurant ; un courant d'air traversa la salle vide. Derrière le comptoir, Madenn ciselait de la ciboulette.

– Je t'avais dit qu'il allait pleuvoir.

L'homme trapu haussa les épaules et claudiqua entre les tables ; quelques années auparavant, une chute en bateau avait rendu son pas bancal et l'avait empêché de continuer à pêcher la coquille. Il s'installa près de la verrière, s'empara à deux mains de sa tartine de tourteau et avala une large bouchée. La patronne posa son couteau sur la planche et secoua la tête.

– Quelle *gouelle*.

À deux doigts, elle saisit un peu de ciboulette, en parsema l'omelette chaude ; Madenn préparait ses plats avec attention, y mettait le même soin que le premier jour où elle avait cuisiné pour l'enfant. Elle releva soudain son regard vers la route qui longeait le restaurant : la parka apparut au même instant. La capuche était rabattue sur les cheveux, cachait en partie le visage qu'elle attendait. La porte du restaurant s'ouvrit, introduisit un nouveau courant d'air.

– Alors, mon garçon !

D'une main, Isaac rabattit sa capuche en arrière et secoua ses cheveux, chassant les gouttes qui s'étaient accrochées aux boucles. La salle était déserte, à l'exception de Goulven, près de la baie vitrée, qui avalait sa tartine sans la mâcher. À la radio locale, une femme chantait en breton, sans musique, berçant le restaurant vide de sonorités profondes et mystérieuses. Ce midi était loin des hautes saisons et de ses tablées de vacanciers, des cris d'enfants dissipés, des odeurs de friture et de poisson grillé, des mies de pain tombées au sol et des glaces étalées sur le blanc des nappes en papier. Les mois d'hiver tenaient à distance toute vie extérieure à l'île.

– Viens, ton omelette va refroidir.

L'adolescent se hissa sur le tabouret de bar et Madenn remonta son chignon, retenant ses cheveux pourpres de son épingle à fleurs ; une frange tombait sur ses sourcils, soulignait le bleu de son regard ; un gilet mauve enserrait ses rondeurs, complétait la jupe ocre qui tombait à ses chevilles ; depuis l'adolescence, Madenn portait les couleurs comme une philosophie.

– T'as croisé ton père hier soir ?

– Vite fait. Il travaillait.

– Il va comment ?

– Comme depuis dix ans.

À l'extérieur, la pluie tombait en terrasse. Les gouttes ricochaient sur la table que Goulven avait délaissée. Pas une voiture ne passait sur la route. Dix ans. Le temps était le même, ce jour où le téléphone avait sonné. Les derniers clients venaient de quitter le restaurant. Entre les tables, Madenn balayait les miettes, remontait les chaises sur les tables. Le téléphone avait retenti et un nœud avait serré son ventre. Elle s'était précipitée, avait décroché le combiné, n'en pouvant déjà plus de ce bruit strident. D'abord, elle n'avait rien entendu ; elle avait demandé, répété, qui appelait ce numéro. Une voix d'homme avait fini par répondre, elle ne l'avait pas reconnue tout de suite. C'était Alan. Il téléphonait de l'hôpital. Un accident en route vers Brest. Il allait bien, son fils aussi. Puis sa voix s'était tue, et Madenn avait porté sa main à sa bouche pour étouffer un cri. Plusieurs années avant ce drame, avant qu'Isaac ne fût né, la fête avait eu lieu ici, au sein de cette verrière où les îliens s'étaient retrouvés, où ils avaient trinqué, dansé, scandé les prénoms liés à vie, Alan et Lucie, et jusqu'à l'aube ils avaient loué les jeunes mariés, chanté des vœux de prospérité, applaudi cette union qui accueillerait bientôt un fils. Depuis, chaque fois que son regard survolait la salle, chaque fois que Madenn voyait cet espace où le bonheur s'était incarné, il lui semblait qu'elle contemplait un lieu de mémoire.

– On dirait qu'il n'a pas mangé depuis trois jours.

La voix d'Isaac la rappela au présent, et Madenn se retourna vers le seul client du restaurant : penché au-dessus de son assiette, Goulven nettoyait son repas d'un doigt, essuyant la sauce des rebords, ramassant les croûtes de pain de son index ; chaque jour, il déjeunait ici, s'asseyant systématiquement à l'extérieur excepté quand l'averse le délogeait, puis il repartait sans un mot, faisant le même itinéraire, retrouvant sa maison d'où il ne sortait plus ; depuis son accident en mer, l'ancien pêcheur trompait l'ennui grâce à des journées fixes.

– Goulven, une part de tarte, tout de même ?

L'homme secoua la tête et Madenn n'insista pas ; elle plaqua le torchon sur son épaule et rinça la poêle sous le robinet. Son œil ne quittait pas Isaac, devinait à son teint qu'il avait bien dormi. Les semaines qui avaient suivi l'accident, elle avait retrouvé régulièrement l'enfant ici : elle l'avait vu fuir les tempêtes et venir se réfugier sous son toit, l'avait trouvé caché derrière le comptoir, fuyant des jeunes qui le poursuivaient, l'avait aperçu assis à une table, seul au cœur du restaurant bondé, préférant ce tapage plutôt que l'absence dans sa maison. Ces visites l'avaient d'abord profondément importunée : dès qu'il passait la porte, le garçon lui rappelait celle qui avait disparu, il hantait ces lieux comme si lui-même avait été un revenant, et Madenn aurait voulu ne pas le voir, ne pas regarder ce visage qui évoquait si vivement cette mère dont il portait chaque trait ; ne pouvant l'empêcher de venir, elle l'accueillait sèchement, ignorait sa présence, manquait de le saluer lorsqu'il repartait ; à sa grande surprise, l'enfant revenait dès le lendemain, comme si cette austérité n'avait pas de prise sur lui, comme si rien de ce qu'il pouvait subir à présent ne l'affectait. Un soir, il était arrivé sous l'averse, ruisselant des cheveux jusqu'aux chevilles, et Madenn, prise de pitié, s'était résignée à lui réchauffer une part de quiche ; une autre fois, lui trouvant mauvaise mine, elle avait pressé des oranges avec un air un peu moins renfrogné. Les mois s'étaient écoulés, et elle avait commencé à surveiller son arrivée ; elle guettait la route à l'extérieur, attendait de l'apercevoir du retour de l'école, et lorsque l'enfant arrivait, lorsqu'il passait enfin sa porte, elle abandonnait ses clients, venait se pencher vers son visage, devinait son humeur sans qu'il parlât ; les jours où il ne venait pas, lorsqu'il devait rentrer directement chez lui, elle errait derrière son comptoir, rangeait machinalement les tasses, comblait sans véritable succès l'absence de cet enfant qui était devenu sa seule attente.

Au-dehors, un bruit de moteur : une 2CV apparut sur la route, passa devant le restaurant ; au volant, Madenn reconnut Michel Bourdieu, ce nouveau professeur d'histoire au lycée de Saint-Pol-de-Léon, installé sur cette île depuis la rentrée dernière, et dont l'allure lui avait donné un frisson la première fois qu'il était venu déjeuner en famille au restaurant.

– J'aime pas ce Bourdieu. Sa femme est gentille, bien qu'un peu lisse. Mais lui, il se prend pour un prédicateur. Comme si les Bretons n'étaient pas déjà assez pieux !

Jusqu'alors resté discret, Goulven planta ses couverts dans l'assiette et fixa la patronne de son air bourru.

– Un jus ? Ça vient.

Madenn inséra une tasse à café dans la machine. À présent, Storlok passait à la radio, chantait à la guitare la révolte de Plogoff, *Keleier Plogoff*, hymne mélancolique qui louait la résistance de la Bretagne durant les années quatre-vingt, lorsque Paris avait eu pour projet d'implanter une usine nucléaire sur la pointe du Raz ; la *gwerz* emplissait le restaurant, célébrait la patrie bretonne face à l'envahisseur, racontait cette terre mère au sein du pays étranger. La machine à café vrombissait, étirait dans la salle l'arôme agréable de l'arabica torréfié.

– Ne tarde pas, Isaac. La boulangerie ferme bientôt.

L'adolescent jeta un œil à l'horloge ; il avait promis à son père de rapporter du pain frais aujourd'hui. Il prit une dernière bouchée et descendit du tabouret, enfila sa parka et poussa la porte du restaurant ; Madenn le suivit du regard jusqu'à le voir disparaître à l'angle du muret et, comme chaque fois qu'elle le regardait partir, chaque fois que s'éloignait cet enfant qu'elle connaissait mieux que si elle l'avait porté, elle ferma les paupières et implora la Sainte Vierge de veiller sur lui.

La pluie avait cessé. Une couche grise, interminable, surplombait l'île. Au sortir de la boulangerie, Isaac descendit vers la petite plage du port. La brise ne soufflait pas ; les bateaux amarrés semblaient dormir, ayant attendu trop longtemps un voyage qui ne venait plus ; rien ne froissait la surface vernie de l'eau. Les baguettes sous un bras, Isaac marcha sur le sable, longea ce port fantôme ; au loin, Roscoff se dessinait sur la côte voisine, cette côte que les habitants de l'île appelaient la France, le continent, ce pays étranger qu'ils observaient de loin avec le soulagement ému de ne pas y vivre. Le garçon revint sur la route, remonta vers l'église paroissiale, Notre-Dame-du-Bon-Secours, surplombant tout le centre et tout le bassin, veillant sur les navires qui sillonnaient sa côte ; à proximité, le cimetière communal gardait ses grilles ouvertes, espace de stèles et de croix, sans un visiteur pour se recueillir ou balayer les feuilles tombées sur les tombes. Le coq se taisait dans le jardin voisin. Aucun passant sur la route. Certaines maisons gardaient leurs volets clos, ne les ouvriraient qu'à la fin de cette saison. Au calvaire du Rhû, une pétrolette croisa son chemin, longeant la croix de granit, poursuivit dans un bruit de moteur saccadé ; à nouveau, Isaac n'entendit plus que ses pas. Il marcha. Les maisons se raréfièrent, la ville fut bientôt derrière lui. La vue se dégagea, révélant les champs agricoles qui plongeaient dans la mer, les tapis de roches qui sourdaient à sa surface, la moire de l'eau mirée dans les nuages, la peau mauve de la terre. L'adolescent ne le remarquait pas : il avançait, indifférent à ces nuances changeantes d'un jour à l'autre ; sa mère avait quitté ce pays et il avait cessé de l'habiter à son tour, se détournant de ce décor à l'abandon, renonçant à regarder cette île où n'existait plus que son absence. Des gouttes tombèrent sur ses mains : la pluie revenait. Il rabattit sa capuche et, le visage baissé, n'aperçut rien d'autre sur le retour que l'asphalte mouillé sous ses pas.

Sœur Delphine amena la cigarette à ses lèvres ; elle tenta de l'allumer, deux fois, tourna le dos au vent pour protéger le briquet entre ses mains. Son voile se soulevait, se rabattait sur ses épaules, menaçant de découvrir ses cheveux blancs : depuis qu'elle vivait à Roscoff, trois de ses voiles s'en étaient allés dans les vagues. La cigarette allumée, elle se retourna vers la mer déjà haute ; le noroît poussait le courant vers les remparts, provoquait un ressac contre les rochers qui ressemblait étrangement à une étreinte.

– Quelle grisaille. On voit à peine l'île de Batz.

À son côté, sœur Anne sembla reconnaître le rivage à l'horizon, celui qu'elle avait vu scintiller en pleine nuit depuis la fenêtre de sa chambre : à présent, la brume l'enveloppait, effaçant ses contours, jusqu'au phare qui se dressait à l'ouest, et cette île incertaine évoquait ces apparitions fantomatiques qui surgissaient sur les traversées des corsaires.

– Je ne m'y rends jamais. Le bateau ne me réussit pas.

Sœur Delphine prit place sur un banc, zippa sa veste jusqu'à son col; une pluie fine tombait sur la promenade. Les deux sœurs revenaient de la maison de retraite où elles avaient passé l'après-midi : la proximité avec les plus isolés, le temps dédié aux défavorisés composaient une large partie des missions provinciales; ainsi, elles avaient rendu visite aux pensionnaires de la maison, consolé ceux dont les proches ne venaient plus, disputé un Monopoly avec les plus enhardis, tâchant de faire oublier quelques heures cette fin d'existence moins triste que fastidieuse. Durant tout ce temps, sœur Delphine avait remarqué l'attention portée à sœur Anne : les regards attendris, les mains tendues, comme si on l'avait toujours attendue, comme si elle était de ces visages qu'on découvrait après en avoir entendu parler; fumant lentement, elle observa ce profil élégant près des remparts, ce regard attentif à chaque vague, cette retenue maîtrisée, insaisissable, et qui inspirait sans les chercher les confessions d'inconnus.

– Il paraît, sœur Anne, que vous auriez trouvé la Sainte Vierge à treize ans.

Cette phrase fit sourire sœur Anne. Sous son regard, les vagues se heurtaient à la pierre, taillant les rochers noirs comme du charbon, allant et venant d'une façon qui la captivait. Elle avait treize ans, c'était vrai, ses mains avaient poussé cette porte en bois sans pourtant la chercher; elle s'était trouvée sur place par hasard, baguenaudait près du Bon Marché, flânait devant les vitrines après avoir une nouvelle fois fugué du foyer ; depuis le jugement de son père, condamné à une réclusion sans appel, elle habitait ce centre où d'autres mineurs attendaient comme elle une famille. Deux religieuses étaient apparues à l'angle, celles-ci étaient vêtues de robes bleu marine, légères et fluides, marchant d'un pas joyeux, loin de l'idée qu'on se faisait des religieuses ; elles avaient remonté la rue du Bac jusqu'à une porte cochère, et la jeune fille avait décidé de les suivre, sans bien savoir pourquoi, sans comprendre ce qui avait poussé ses pas en avant ; elle avait découvert une allée silencieuse, des pèlerins contemplant les ex-voto, des statues qu'elle ne connaissait pas, saint Vincent de Paul, sainte Catherine Labouré, et ce lieu l'avait impressionnée sans toutefois l'intimider ; au loin, les sœurs avaient passé une petite porte en bois, une plaque introduisait l'entrée du lieu :

C'est en cette chapelle
Qu'en 1830
La Vierge Immaculée
Mère de Dieu
S'est manifestée
À sœur Catherine Labouré
Et a donné au monde
La Médaille miraculeuse.

Le grincement du bois avait résonné dans la nef. Entre les bancs, des têtes étaient baissées. Les mains égrenaient des chapelets. La nef était immaculée, un blanc parfait, des colonnes aux voussures ; la lumière abondait par les travées, avivait cette clarté qu'elle n'avait jamais vue en aucun lieu. Elle s'était approchée, comme si une main l'avait poussée en avant ; face à elle, cette statue s'élevant dans le chœur, la Sainte Vierge, sublime et magnanime, sculptée dans le marbre le plus noble, couronnée d'étoiles éclatantes, dispersant des rayons d'or de ses mains. La jeune fille était tombée à genoux, s'était prosternée au pied de l'autel, contemplant cette figure où s'incarnait tout ce qu'elle croyait avoir perdu.

Une rafale la surprit, et sœur Anne éprouva un nouveau vertige : depuis qu'elle était dans ce pays, elle sentait la tête lui tourner, son corps étrangement engourdi, comme si la mer appelait à un autre équilibre, lui imposait d'oublier ses précédents repères, tous ceux que la ville lui avait enseignés.

Elle resserra son imperméable autour de sa taille et se retourna vers celle qui fumait sur le banc.

– C'est la Sainte Vierge qui sait nous trouver, plutôt.

Les volets s'ouvrirent, gémissant, tapant les façades des maisons. Dans les arbres, des ramages accueillaient la pointe de l'aube. La baie s'embrasait, vibrant de toutes les nuances cramoisies propres à cette heure, incendiant l'atmosphère avant même que le soleil ne fût encore visible à l'horizon. Sur son lit, Madenn remontait ses cheveux pourpres, les fixait en chignon à l'aide d'une pince à fleurs ; l'aurore pénétrait par sa fenêtre, baignant sa chambre d'une lumière chaude et rougeoyante. Elle se leva, sélectionna ses affaires dans l'armoire ; elle avait la routine de ceux qui se réveillent seuls, composent leurs matins en silence, se meuvent sans un regard à leur côté. Elle enfila un Damart à manches longues, le pull en laine blanc de sa mère, une robe en coton rouge qui lui tombait aux chevilles, son ciré kaki, puis elle sortit de sa chambre. Au pied de l'escalier, les lumières de la salle étaient éteintes, les chaises étaient remontées sur les tables, quelques verres séchaient près de l'évier. Elle enfila ses bottes en caoutchouc, s'empara du caddie et quitta le restaurant. Un parfum de feu de bois errait sur la route. Elle remonta la côte, longea les friches et les terres agricoles, l'odeur amère des artichauts et des oignons, des pommes de terre et des choux-fleurs. Au calvaire du Rhû, elle descendit la ruelle étroite et sinueuse jusqu'au port, la vedette attendait à l'embarcadère. Elle jeta un œil à l'horizon, nota la teinte du matin, un bleu apaisé désormais, l'absence de nuages, la hauteur de la marée, instinctivement, dans ce réflexe qu'avaient les habitants des côtes de s'attarder sur la lecture de l'aube. Elle monta à bord, embrassa Youenn et Igor, salua les îliens déjà présents ; le moteur vrombit, amorça sa première traversée de l'île vers le continent.

À Roscoff, sur le parking du quai, le marché avait dressé ses tentes blanches. Madenn arriva parmi les premiers clients du matin, on l'apostropha, on jabota, on remplit son chariot d'épices et de sel de Guérande, on négocia, on lui fit goûter les fruits secs et le nouveau miel local, on ajouta des oignons, de l'ail, des échalotes, deux miches de pain frais pour le prix d'une, sans omettre en toute fin un bouquet de tulipes. Une éclaircie s'invitait entre les étalages, rehaussant les couleurs des denrées exposées, confortant les joues rafraîchies. Le caddie plein, Madenn se remit en route, traînant les roues qui gémissaient sous le poids des courses ; au bar du port, elle fit une halte au comptoir, bavarda avec le patron, fit remarquer le beau temps ; des reflets mordorés parcouraient les bassins, miroitaient entre les vieux caseyeurs amarrés, et il semblait que l'hiver tenait à s'excuser en offrant une lumière qui rappelait celle des étés.

De retour sur l'île, elle remonta vers le cimetière communal ; une vieille îlienne, penchée sur les pierres tombales, écartait les feuilles mortes à l'aide d'une balayette. Madenn retira le bouquet fané de son vase, y inséra les nouvelles tulipes et les disposa contre la stèle en marbre : elle s'entretint avec ses parents, en silence, car les défunts devinent les pensées, elle prononça une prière pour sa mère qui aimait tant prier, un mot d'esprit pour son père qui avait le rire facile, puis elle empoigna son caddie et reprit la route vers le restaurant.

Quelques clients déjeunaient en terrasse ; à l'écart, assis à sa place habituelle, Goulven avalait une galette, le visage rougi par le soleil ; chacun trompait ce mois de février le temps d'un déjeuner, se laissant à penser, dans le confort de cette lumière généreuse, que cet hiver n'était finalement pas si rude.

– Tiens, tu enverras ça chez toi.

Madenn déposa un récipient sur le comptoir : protégé d'un film plastique, celui-ci contenait une tarte au saumon qu'elle avait préparée la veille.

– J'ai croisé ton père hier. Il a une tête, grand *Doué* ! À faire fuir les fantômes !

Perché sur le tabouret, Isaac finissait le plat du jour, un *kig ha farz*, cette farine de blé noir servie avec un pot-au-feu de viande et de légumes, ce plat seul lui ouvrait vraiment l'appétit, le grisait de son parfum intense et parfumé, le reliait encore à une certaine notion du plaisir.

– Il ne dort pas la nuit. Je l'entends marcher dans la maison.

– Eh bien qu'il mange, tout de même !

En terrasse, des voix interpellèrent Madenn, demandèrent du cidre ; d'un geste, elle leur répondit qu'elle venait, s'empara d'un pichet, sortit, elle remplit les verres, badina avec les clients, posa sa main sur une épaule, pleine d'aisance et d'amitié, heureuse de pouvoir encore cuisiner et encore servir, car c'était dans ce métier qu'elle accomplissait ce que l'existence exigeait, le lien aux autres. De son côté, Isaac débarrassa son assiette ; la tarte au saumon en main, il s'éclipsa du restaurant et repartit chez lui.

Sans surprise, l'éclaircie se retira sur la route : des nuages murèrent le ciel, rappelèrent que l'heure était toujours celle de l'hiver. À leur teinte anthracite, l'adolescent anticipa l'averse et pressa le pas. Il atteignit la dernière intersection et s'engagea sur le sentier côtier qui descendait vers la mer ; l'espace se dégagea, révéla progressivement la grève blanche qui s'étirait en contrebas, son sable pâle comme une farine, les traînées sombres de varech, les éboulis rocheux que révélait la marée basse. Il hâta le pas : des gouttes commençaient à tomber, se fixaient sur la cellophane entre ses mains.

À sa droite, la côte se prolongeait, menait vers un promontoire qui s'élevait à trois mètres au-dessus de la grève. Il s'apprêtait à le dépasser, à hâter le pas juste avant le déluge, mais il se retourna, subitement, fixant le promontoire sans l'avoir décidé, lui qui ne se laissait plus distraire par le décor, lui qui n'avait pas regardé un crépuscule depuis presque dix ans. L'averse tombait à présent. L'eau, abondante, mouillant ses cheveux, glissant sur ses mains ; il ne le sentait pas. Ses paupières ne cillaient plus. Il quitta le chemin et avança vers le promontoire, malgré lui, approcha de ce qui retenait son regard, là, juste au-dessus du rebord, ce qui lui apparaissait malgré la pluie diluvienne, malgré la tête qui lui tournait, un vertige inconnu ; il s'arrêta à nouveau, les yeux écarquillés, impressionné tel un enfant, fixant ce qu'il distinguait toujours, qu'il n'avait jamais remarqué là, qu'il n'avait même jamais contemplé nulle part, et ses bras se relâchèrent, oublièrent le plat dans ses mains, laissèrent la tarte chuter et se briser en morceaux à ses pieds.

Face à sa bibliothèque, Hugo hésita ; il s'empara d'un livre, relut la quatrième de couverture. La maison était calme. Ses parents étaient partis à Morlaix, emmenant sa sœur à un rendez-vous médical, ils ne reviendraient pas avant la fin de la journée. Julia avait fait la moue tout le matin, avait même feint un début de fièvre pour ne pas se rendre à l'hôpital ; elle détestait les couloirs sans fenêtres et les blouses blanches, les bruits de toux et de fauteuils roulants, ce lieu de maladies et de douleurs dont il lui semblait faire partie chaque fois qu'elle en passait l'entrée. Hugo reposa le livre, en sélectionna un autre, parcourut les pages sans conviction : Isaac Asimov était peut-être trop complexe, Albert Einstein trop connu, il avait déjà renoncé à Isaac Newton, trop ancien. Il hésita encore, revint sur un ouvrage qu'il avait déjà reposé parmi les autres. Il n'avait jamais offert de livre à quiconque et prenait seulement conscience de l'enjeu de cette démarche : faire cadeau d'une lecture était pareil à une confidence. Il s'empara de *Cosmos*, premier livre qu'il avait ouvert de Carl Sagan, premier ouvrage d'astrophysique qu'il avait lu avant les autres, et se décida finalement sur ce titre : la lecture qui avait initié les suivantes ne pouvait être que la seule valeur sûre. Le livre en main, il dévala les escaliers, passa le portail extérieur, ferma la targette derrière lui. Sa maison clôturait la route, marquait le dernier lieu habité de ce coin de l'île ; au-delà, seul le sentier côtier suivait la mer et menait à la pointe sauvage de l'est. Il descendit la route de terre, ses doigts serraient le livre, marquaient la couverture de leur empreinte. Au pied de la côte, une demeure se tenait à l'écart des autres : la peinture s'écaillait sur les battants défraîchis, des traces d'humidité noircissaient le mur extérieur, une tuile était tombée du toit et reposait dans les herbes hautes. On aurait pu croire cette maison abandonnée si les lumières ne s'étaient pas allumées le soir, si l'on n'avait pas vu Alan et son fils en sortir, furtivement, pareils à deux revenants, indifférents à ce lieu qui se délabrait sous leurs yeux, sensibles à rien d'autre qu'à l'absence qui habitait avec eux. Le souffle court, Hugo gravit le perron, n'eut pas le temps de frapper que la porte s'ouvrait face à lui : sur le seuil, Alan le dévisagea, brièvement, songeant qu'il avait vu cet adolescent déjà, sur cette même route, le fils du nouveau voisin, ou c'en était un autre, il n'en était déjà plus sûr, il oubliait les visages sitôt qu'il les avait croisés, partageait sans le savoir avec son fils le même désintérêt du monde.

– Je suis Hugo. J'habite au bout de la route. J'ai un livre pour Isaac.

Étonné que son fils reçût un visiteur, Alan indiqua d'une voix rauque la chambre à l'étage, il fit quelques pas vers la route puis se retourna vers ce garçon dont il avait déjà oublié le prénom.

– Tu étais avec Isaac hier ?

Hier. Quelque temps après l'averse, son fils était rentré, les habits ruisselants, le regard hagard, incapable de répondre à son prénom ; ses pas dispersaient des flaques d'eau dans le couloir ; il était monté dans sa chambre et Alan n'avait pas osé le suivre, ni même l'interroger ; il était demeuré éveillé toute la nuit, persuadé qu'une altercation avait eu lieu, qu'on avait harcelé Isaac encore, qu'on l'avait menacé, violenté, qu'il n'avait pas dû savoir se défendre et que lui-même était encore bien moins capable de lui venir en aide.

– Ça fait plusieurs jours que je ne l'ai pas vu.

L'homme hocha vaguement la tête, plein de pensées confuses, et Hugo le regarda s'en aller, stupéfait de voir chez ce père une vulnérabilité qu'il n'avait jamais remarquée chez le sien.

Trois coups furent frappés à la porte. C'étaient des coups timides, et Isaac d'abord ne les entendit pas ; sur son lit, les jambes remontées contre la poitrine, il fixait la chambre sans la voir. L'aube était entrée par le Velux sans qu'il sache s'il avait fermé les paupières la nuit. Près du radiateur, ses affaires de la veille séchaient sur le dos d'une chaise. Trois coups à nouveau, plus fermes cette fois. La porte s'entrouvrit : Hugo apparut dans l'embrasure, timidement, comme quelqu'un du monde qui venait le rappeler au réel. D'un pas incertain, il avança sous le plafond en mezzanine.

– On discutait des planètes l'autre soir… Ça en parlera mieux que moi.

Sa main tendit *Cosmos*. Il aurait voulu ajouter que c'était le premier ouvrage qu'il avait lu sur l'astrophysique, que cette œuvre, bien qu'elle datât, était fondamentale dans l'appréciation de l'univers, que la science était loin de n'être qu'une suite de théorèmes et de calculs inaccessibles aux non-initiés mais qu'elle incarnait la plus essentielle poésie, qu'elle était le langage originel, celui qui liait les hommes au monde, et que les astronomes, comme Carl Sagan, étaient de ceux qui possédaient le bien le plus fondamental, à savoir la conscience du plus grand. Hugo n'en dit pourtant rien : celui qu'il était venu trouver lui inspirait la confiance autant qu'il le déconcertait. Il détourna son regard. La chambre, à l'inverse de la sienne, affichait des murs dépouillés. Quelques cahiers s'empilaient sur une table qui servait de bureau. Des vêtements mouillés séchaient sur une chaise. Un cadre photo, qu'il ne pouvait pas voir, reposait sur la table de chevet. L'ameublement était élémentaire, ne trahissait aucun détail sur la vie dans cette chambre. En tailleur sur son lit, Isaac survolait les chapitres, feuilletant les pages machinalement. À le voir ainsi penché, sans prononcer un mot, Hugo réalisa qu'il avait eu tort, qu'il n'aurait jamais dû apporter ce livre, que ses curiosités ne passionnaient que lui-même, car au fond qui de sensé pouvait trouver un intérêt à tous ces mondes hors de portée. Soudain, il regretta d'être venu dans cette chambre où il n'avait pas été convié, où Isaac ne daignait pas même le regarder, il se sentit lourd et gauche au pied de ce lit, et il repartit vers la porte, la tête baissée, se jurant de se faire oublier de cette maison et de la mémoire d'Isaac.

– Si tu crois en la science, tu ne peux pas croire au divin.

Le silence dans la pièce. Sur son lit, Isaac avait refermé le livre, contemplait à présent la couverture, attentivement, comme si ces pages lui avaient parlé, bien plus que ne l'avait pensé Hugo.

– Ce n'est pas un secret au lycée que ton père est très pieux. Il se vante de n'avoir jamais raté une messe de sa vie.

L'adolescent s'assit sur le rebord du lit et observa celui qui n'osait plus bouger à l'entrée : son visage était pâle, exprimait le tourment de la même façon que son père.

– Mais toi ? Toi qui étudies les sciences ? Toi qui crois en ce qu'on peut voir ?

On ne lui avait jamais posé cette question. Lui-même ne s'y était jamais penché. Hugo enfonça ses mains dans ses poches, fronça les sourcils pour réfléchir, car répondre exigeait du temps. Son père, c'était vrai, n'avait jamais manqué une messe. Il avait fait baptiser ses trois enfants moins d'une semaine après leur naissance, car toute digne existence commençait là, entre les mains d'un prêtre, la tête caressée d'eau bénite, le front marqué d'une croix. Dès sa primaire, Hugo avait été inscrit au catéchisme, il avait récité les psaumes, avait répété les enseignements, par automatisme, par obéissance aussi, car l'éducation à cet âge ne se questionnait pas. La rupture était survenue grâce à un livre, celui précisément qu'il était venu apporter. C'est cette poésie, celle de l'infiniment grand, qui lui avait parlé. L'expansion de l'univers plutôt que la Genèse. La science et ses exploits plutôt que les miracles du Fils. La mort des étoiles, plus fascinante encore que la vie des saints. Son choix s'était orienté au fil de ses lectures, naturellement, et il n'avait jamais songé à opposer ces mondes, n'avait jamais pensé que les écrits scientifiques méritaient d'être comparés aux textes saints : tout ce qui inspirait l'émerveillement valait d'être un objet d'étude.

– On cherche toujours ce qui compose à 95 % l'univers. On sait que c'est là, sous la forme de matière et d'énergie… mais on ne comprend pas ce que c'est. La science aussi a ses mystères. J'ai juste choisi d'étudier ceux-là plutôt que ceux du Rosaire.

D'autres doutes encore. L'immensité noire sans certitude. Un monde à la pointe de la science, et les mêmes questions en suspens. Isaac se releva, arpenta nerveusement sa chambre. Il voulait se confier à Hugo, lui dire ce qu'il avait vu la veille, là-bas, au bout du petit promontoire, aussi nettement qu'il le regardait à cet instant ; plus il y songeait, et plus il commençait à douter, se demandait si son esprit ne lui avait pas joué un tour, s'il n'avait pas été victime d'une somnolence, d'un faux-semblant provoqué par l'averse et la lumière changeante. Il finit par se rasseoir sur son lit, sans rien en dire, se contentant de ce déni, l'esprit préférant toujours douter de la vérité.

– Tu as du courage d'accepter l'inconnu.

– Je crois que c'est justement là… qu'on se trouve soi-même.

Hugo posa une main fébrile sur la poignée, n'osant pas prolonger cet échange ; il devinait que la véritable intimité résidait là, dans les mots qu'ils partageaient, dans ces grandeurs qu'ils effleuraient, et cette sensation, heureuse et fragile, cette sensation qui ne reviendrait pas une seconde fois, l'intimida profondément. Il sourit à Isaac, sembla lui dire qu'il ne le quittait pas, qu'il repartait seulement au bout de la route et que là se trouvait son amitié si jamais il en avait besoin. Il referma la porte doucement, la chambre sembla abandonnée. La pluie tombait sur la vitre, et Isaac finit par l'entendre. Il se hissa sur le matelas, poussa le Velux vers l'extérieur :

en contrebas, Hugo remontait la route ; au-delà de sa figure brune, la grève creusait la côte, luisait d'un sable parfaitement blanc.

Agrippé à la fenêtre, Isaac se hissa sur la pointe des pieds, observa un point précis juste en face : le petit promontoire était désert.

Les derniers clients avaient quitté le restaurant. Les chaises étaient rangées derrière les tables ; d'autres, les pieds en l'air, reposaient en hauteur. Le sol luisait encore d'avoir été lavé. Derrière le comptoir, Madenn retirait ses gants de ménage, la fatigue engourdissait ses gestes. Une tablée de douze avait célébré un anniversaire jusqu'à la fin d'après-midi, et elle n'avait pas pu s'asseoir un instant, avait passé son temps à aller et venir, à ramener d'autres pichets de cidre, d'autres verres de bière. Elle jeta un œil à l'horloge : dix-sept heures. Et Isaac n'était toujours pas venu. À midi, comme il tardait à arriver, elle avait supposé qu'il dormait tard, qu'il allait bientôt apparaître, les cheveux en bataille, confus pour cette grasse matinée qui ne lui ressemblait pas ; les heures avaient défilé, et elle avait servi les clients d'un air distrait, s'était trompée dans les commandes, avait trop salé l'entrecôte et pas assez les frites, avait guetté la route avec inquiétude. À présent, elle arpentait la salle vide, les mains derrière le dos, le front plissé par ses pensées. De mauvaises rencontres étaient arrivées par le passé. Elle avait vu l'enfant avec un bleu sous l'œil, avait entendu des railleries, surpris des gamins le bousculer sur le port, d'ailleurs cette fois-là elle leur avait collé une rouste telle que tout le bassin l'avait entendue. Qui sait si des jeunes n'avaient pas croisé sa route encore. S'ils n'avaient pas moqué ce qui ne leur ressemblait pas. S'ils ne l'avaient pas suivi sur un sentier et... Cette pensée lui causa un haut-le-cœur. Elle saisit son écharpe et claqua la porte du restaurant. Dehors, la bise s'était levée : les arbres ployaient sur son passage, menaçaient d'accrocher ses cheveux ; ce souffle habitait la route, prenait corps en chaque branche, surgissait par-derrière les murets délabrés, comme une voix qui suivait son chemin, une voix changeante, rieuse et puis sévère, et Madenn pressait le pas sans l'écouter, l'avait assez entendue pour deviner déjà ce qu'elle lui disait. À la dernière intersection, elle dépassa le sentier côtier à droite, dévala la route jusqu'à la maison d'Alan, tambourina à la porte, sans réponse, alors elle s'approcha d'une fenêtre, colla son front à la vitre, aperçut le bureau vide, le fatras de papiers, l'ordinateur éteint. Une rafale la bouscula ; aux alentours, les pelouses littorales s'inclinaient, frémissantes, soumises à cet invisible qui ne prenait corps qu'en la nature. Saisie d'un frisson à son tour, Madenn noua son écharpe autour du cou ; son regard balaya l'espace, nota la lueur en déclin, s'arrêta sur un détail. Au loin. Des cheveux bouclés. Ces cheveux blond cendré, cette figure de dos, oui, c'était bien lui.

– Isaac !

Elle s'élança sur la dune, courut vers celui qu'elle avait cru perdu ; elle l'appela, encore, hurla son nom qui s'égarait dans le souffle froid, elle dépassa le sentier, atteignit le promontoire au bout duquel Isaac ne réagissait pas : les bras le long du corps, immobile, il semblait observer un point précis du ciel. Une nouvelle fois, Madenn appela son nom, distinctement, et elle ne douta pas qu'il l'entendait à présent, car elle était à quelques pas seulement, juste derrière lui, pouvait tendre le bras et toucher son épaule. Aux pieds du garçon, dans l'herbe, elle remarqua des bris de faïence, une tarte en morceaux, des bouts de saumon qui côtoyaient les cailloux et le sable : le plat qu'elle lui avait remis la veille. Son cœur cogna. Lentement, Madenn contourna Isaac, s'enfonça dans les fougères cuivrées, sentit les feuilles piquer ses chevilles ; elle parvint à sa hauteur, découvrit son profil livide, ses yeux écarquillés, son air impressionné et terrifié tout à la fois. Elle murmura son prénom, encore, le prononça cette fois pour elle-même, pour se convaincre que ce garçon était bien celui qu'elle connaissait. Une rafale la surprit, la poussa en arrière, et elle manqua de glisser le long de la pente. Le jour était sur le point de basculer. Une dernière lumière se fixait sur la côte, une lumière dense et orangée, et celle-ci diaprait chaque chose, la ramure des cyprès, la peau de bronze des rochers, la mer verte comme la malachite, agitée par les vents, parcourue de larges traînées d'écume, et tout sur cette côte vibrait du dernier instant, atteignait une ultime intensité, touchait à son comble à la frontière de la pénombre. À le voir ainsi, figé sur le promontoire, Madenn aurait pu croire Isaac en contemplation, ébloui par ces grandeurs, ému par le croisement des mondes, mais l'enfant ne regardait rien de ce qui l'entourait depuis dix ans, elle le savait ; il se moquait du crépuscule, n'avait pas d'intérêt pour le cycle des marées, jetait à la pleine lune un coup d'œil distrait. À cet instant, Isaac regardait autre chose, et c'était tout ce dont Madenn était convaincue. Elle ignorait qu'il était revenu là malgré lui. Que peu de temps après le départ d'Hugo, il s'était assoupi, quelques heures, avant de se réveiller dans un sursaut. Qu'il était sorti de sa chambre, puis de sa maison, machinalement, sans le vouloir, poussé par une main qui avait guidé ses pas et l'avait ramené sur ce même promontoire où il s'était égaré la veille et d'où il était à présent incapable de partir.

L'église sonna onze heures trente. Quatre notes, distinctes, et qui tintèrent jusqu'au vieux port de Roscoff. Sur le quai, un retardataire accourait, signalait à la vedette de l'attendre ; il dévala l'escalier du bassin, atteignit enfin le bateau ; le moteur vrombissait, prêt à partir. L'homme essoufflé chercha une place, fixa son regard sur l'une des passagères : seule sur un banc, une religieuse était assise, tournée vers le hublot, droite et élégante, pareille à ces danseuses classiques qui gardent leur posture même lorsqu'elles ne sont plus sur scène. La vedette amorça sa marche arrière. Ce mouvement surprit sœur Anne, et elle enlaça nerveusement ses doigts sur ses genoux : elle n'avait connu jusqu'ici que la terre ferme sous ses pieds. Elle glissa un peu plus près de la vitre, observa chaque instant de sa première traversée, pleine de cette curiosité pure des enfants découvrant le voyage. Le bateau recula jusqu'à l'entrée du port, il pivota lentement, tourna le dos au phare, puis s'engagea sur sa route ; à gauche, l'estacade surmontait la mer, s'étirant dans l'espace, immense, interminable, élevée pour gagner l'horizon, puis elle plongeait tête la première dans l'eau, disparaissait au creux des vagues sans qu'on sût où son squelette prenait fin ; maintenant, la vedette avançait entre deux terres, Roscoff à gauche qui s'esquissait en contre-jour, son dôme renaissant qui dominait la ville, sa côte de rochers qu'on ne distinguait plus des maisons, et l'île de Batz à droite, sa côte est sauvage, ses grèves vierges, ses arbres inclinés, harassés, pétrifiés par les tempêtes incessantes. Dans la cabine, on n'entendait rien d'autre que la vibration du moteur, grondement continu, et qui semblait bercer les corps en même temps que la houle. Sœur Anne finit par se détourner du hublot : la réverbération l'empêchait de regarder la mer plus longtemps. Elle ferma les paupières, laissa se dissiper les scintillements de sa rétine. « Un rêve m'est venu cette nuit... » Sur ses genoux, ses mains se décontractèrent, elle demeura ainsi, la moitié du visage éclairée d'un rayon, les paupières closes et les mains jointes, écoutant la voix de sœur Rose revenir encore : « ... la Sainte Vierge t'apparaîtra en Bretagne... » Des passagers se tournaient vers elle, l'observaient comme on observait d'habitude les religieuses, avec une curiosité empreinte de déférence, comme si certains mystères n'en étaient plus pour celles qui avaient renoncé au monde. Le bruit du moteur devint autre, et la vedette ralentit, pénétra dans le port de l'île : là, tout au long du bassin, des façades écrues, des toitures en ardoise, les unes sur les autres, se disputant à l'étroit un rayon de soleil, comme si seule cette proximité permettait de résister en pays insulaire. La vedette s'amarra au débarcadère ; les passagers se relevèrent, récupérèrent leurs affaires à l'avant, caddies à roulettes et poussettes, sacs de ciment et sacs de courses, valises et vélos ; les deux marins prêtaient main-forte, toujours un pied entre l'eau et la terre, leurs visages rudes travaillés par la bise et le froid ; on devinait les yeux bleu clair de l'un, délavés par l'eau et le sel, et au contraire le regard sombre de l'autre, pareil aux eaux profondes où aucun rayon ne pénétrait plus. Retrouvant la terre ferme, sœur Anne vacilla un instant, encore habitée par le roulis.

– Sœur Anne !

À quelques mètres, les Bourdieu approchèrent : ces derniers avaient réitéré leur invitation, insisté auprès de sœur Anne pour lui faire visiter l'île ; parce que le lien avec les paroissiens faisait aussi partie de sa vocation, sœur Anne avait accepté de les rejoindre dès son premier jour de libre. Elle salua Michel Bourdieu et sa femme, embrassa la petite Julia ; ils prirent place dans l'auto, quittèrent le port où se dispersaient les îliens. Le centre dépassé, les habitations se raréfièrent ; désormais, c'étaient des chantiers en suspens, des friches, des champs, la mer de part et d'autre qui enserrait l'île ; ils roulèrent, et la route de goudron se changea en chemin de terre ; ils esquivèrent les cailloux et les nids-de-poule, traversèrent les dunes jusqu'au dernier portail en bois : le chemin s'achevait, ultime privilège, à leur maison. Sortant de la voiture, sœur Anne aperçut la grève blanche en contrebas, s'étonna de son eau peu profonde, presque transparente, oscillant entre le vert et le bleu, ce fameux *glaz* dont elle avait entendu parler et qui révélait toute sa particularité à cet instant, moins une couleur qu'une question, exalté par cette éclaircie qui n'en finissait pas d'éblouir l'espace. On l'invita à entrer. La maison était sobre, décorée çà et là d'un crucifix au mur, d'une icône religieuse, et sœur Anne se souvint de presbytères moins austères. Ils passèrent à table, récitèrent le bénédicité ; la compagnie de cette religieuse détendait les humeurs, chacun tendait son assiette en souriant, prenait la parole d'un ton enjoué, même Hugo était reconnaissant de cette présence à leur table qui détournait l'attention de son père ; depuis qu'ils vivaient sur cette île, rares étaient les visites, et chaque invité sous leur toit était une exception à célébrer. Une tarte aux pommes fut servie en dessert, et Michel Bourdieu posa solennellement ses mains sur la nappe.

– Il est maintenant temps, comme nous lui avons promis, de faire découvrir l'île à sœur Anne.

Ils sortirent, remontèrent le sentier côtier vers l'est, c'était un chemin exigu, muré à droite par les cyprès de Lambert et à gauche par une clôture ; ils marchèrent en file indienne, écartant quelques branches sur leur passage, pressant un peu le pas pour arriver plus vite en haut ; parfois, ils apercevaient la grève blanche en contrebas, les autres petites plages de sable fin aux alentours, les bras de roches qui plongeaient dans la mer, les maisons qui flanquaient la côte, plantées face au soleil, protégées des vents sous les frondaisons hirsutes des cyprès de Lambert.

– Nous aurions bien été visiter le jardin Delaselle mais il est fermé pour l'hiver. C'est un jardin exotique, juste derrière cette clôture.

En tête du cortège, Michel Bourdieu portait sa fille sur ses épaules ; il s'exprimait, soudain prolixe, encouragé par la présence de cette religieuse parmi eux, fit remarquer que pas un papier ne traînait par terre, que rien dans ces espaces sauvages ne renvoyait jamais à l'homme.

– Les Bretons ne défient pas la nature, ils lui obéissent. Ils ont encore le sens du sacré.

Car il fallait obéir, oui, se soumettre au plus grand, reconnaître le sacré et tendre vers le divin, et c'est parce que l'homme contemporain l'avait négligé, parce qu'il avait cru s'émanciper en désacralisant toute chose, qu'il causait l'effondrement de son temps.

– Une société qui ne vénère rien n'est pas libre. Elle est malade, vous comprenez ?

Progressivement, l'espace s'ouvrait, découvrait les hauteurs ensoleillées, les sentiers traversant les plaines, ces profondeurs azurées qui n'en finissaient pas d'impressionner l'œil ; ils firent une halte pour reprendre leur souffle. De son côté, Michel Bourdieu s'était assombri ; son regard sondait cet espace sans frontières, redoutait tout ce qu'il ne pouvait pas voir, tout ce que les textes y avaient annoncé ; il avait assez lu, assez étudié les Livres et les prophètes, avait surtout assez contemplé son monde pour deviner sa chute prochaine. À cet instant, il n'était plus sévère. Rien n'était désormais intimidant dans cette épaisse carrure, ces épaules larges, ces mains qui pouvaient bâtir autant qu'abattre. Seule l'épouvante habitait Michel Bourdieu. Une main enlaça son bras : sa femme, devinant son trouble, interrompit cette pensée qui lui ôtait si souvent son mari. Ce geste apaisa son époux ; il empoigna les chevilles de sa fille et s'accrocha à cette enfant, car c'était ainsi qu'il résistait, ainsi que l'homme avait toujours résisté, grâce à cette même constante, le mariage et l'enfant. Ils s'assirent sur les pelouses. Des chevaux broutaient l'herbe au loin. Le sentier s'étirait sur la côte, traçait sa voie sur les sinuosités, disparaissait au-delà d'une falaise. Pas un promeneur n'apparaissait. L'île rappelait chacun à soi-même.

– C'est quoi autour de votre cou ?

La fillette fixait le pendentif de sœur Anne qui scintillait sous l'éclaircie. Elle l'avait remarqué sur le chemin, une médaille discrète, aussi minuscule que l'iris, et qui pourtant paraissait protéger la religieuse à chaque pas.

Spontanément, sœur Anne détacha le fermoir, remit délicatement l'objet à l'enfant.

– C'est la médaille miraculeuse. Nous la devons à sainte Catherine Labouré. C'était une Fille de la Charité, comme moi.

Elle ajouta que sœur Catherine venait de débuter son noviciat en 1830, à la Maison Mère de la rue du Bac, ce même couvent où elle-même avait fait ses premiers pas, quand la Sainte Vierge lui était apparue une nuit, dans la petite chapelle réservée aux Filles, à l'écart de tout regard, dans un moment que la jeune novice avait décrit plus tard comme le plus doux de son existence.

– Elle a vu la Vierge comme Bernadette Soubirous ? À Lourdes ?

– Exactement.

La Sainte Vierge lui était apparue deux fois ensuite et elle lui avait demandé de faire frapper cette même médaille que Julia tenait dans sa main, promettant que tous ceux qui la porteraient verraient leurs vœux exaucés ; dès sa diffusion, la médaille avait été réclamée aux quatre coins du pays.

Silencieuse, la fillette examinait la plaque dorée au creux de sa main, la Sainte Vierge sur l'avers, nimbée d'un halo, dispersant des rayons de ses mains entrouvertes, trônant sur un globe comme elle veillait sur le monde ; les douze étoiles du revers, le M de Marie surmonté d'une croix, le Sacré-Cœur du Christ et le cœur immaculé de la Sainte Mère. Elle caressait ces reliefs d'un doigt, attentive et captivée, comme si elle avait tenu là l'un de ces objets magiques qui fascinent les purs esprits.

– Si on la porte, elle fait des miracles alors ?

Des guérisons inexpliquées, c'est vrai, furent rapportées en pleine épidémie de choléra à Paris. Le juif Alphonse Ratisbonne, qui porta la médaille, eut une vision de la Vierge et se convertit au christianisme, ce qui fit grand bruit à l'époque. À la mort de Catherine Labouré, un enfant approcha de son cercueil et guérit soudainement de son infirmité. C'était sans mentionner Catherine Labouré elle-même, dont on avait exhumé le corps parfaitement intact près de soixante ans après sa mort.

– Ce n'est pas tant la médaille qui est miraculeuse… Personne n'a jamais remis en question les propos de cette novice. Dès lors qu'on ne doute plus… c'est là que surviennent les miracles.

Ces récits troublaient la fillette, sans qu'elle en comprenne la raison, sans deviner combien ces mots avaient de pouvoir sur son imaginaire ; elle observa cette sœur qui l'intimidait elle aussi, assise sur l'herbe, dos au soleil, sa figure élégante nimbée de lumière.

– Et vous ? Vous avez déjà vu la Sainte Vierge ?

Cette spontanéité de l'enfance, toujours croisée à l'instinct. Sœur Anne sourit doucement, répondit comme une confidence que la Sainte Vierge venait toujours à ceux qui la prient.

Ils contemplèrent encore la côte, puis ils reprirent le chemin vers la maison. Une fatigue engourdissait leurs pas, cette fatigue agréable d'avoir été au grand air, là-haut, dans ces hauteurs où rien n'obstruait la vue, où chaque inspiration était saine et remplissait le corps de plénitude.

De retour, on embrassa sœur Anne comme une amie, on lui fit promettre de revenir, bientôt ; elle monta en voiture avec Michel Bourdieu et descendit la route dans un nuage de poussière.

Au pied de la côte, un adolescent surgit soudain. Sœur Anne s'étonna de ses traits fins, de l'inquiétude qui faisait fuir le regard, de cette délicatesse qu'elle n'avait jamais vue ailleurs ; suivant sa figure dans le rétroviseur, elle demanda à Michel Bourdieu s'il connaissait ce garçon.

– Isaac. Il est dans ma classe de seconde. Ce n'est pas un garçon très équilibré.

L'adolescent attendit que la voiture eût disparu en haut de la côte pour continuer son chemin. Il remonta la dune d'un pas pressé, traversa le sentier vers le promontoire ; il avançait, sans remarquer, en haut du sentier, près des broussailles, Madenn qui suivait son passage : elle attendait là depuis une heure, deux peut-être, le cœur battant d'appréhension, guettant le retour de l'enfant sur ce promontoire où elle l'avait abandonné la veille. Le vent s'était fait trop froid et elle était repartie sans se retourner, sans chercher à rappeler

Isaac une dernière fois. La nuit venue, incapable de fermer l'œil, elle avait exhumé d'anciens albums de famille ; au fil des pages, elle avait retrouvé ces photographies conservées par sa mère : les portraits en noir et blanc montraient quatre fillettes souriantes, Jacqueline et Jeanne, Nicole et la petite Laura. Sa mère habitait L'Île-Bouchard à l'époque, elle avait côtoyé ces quatre écolières, avait vu leur extase dans l'église du village lorsque, pendant près d'une semaine, la Sainte Vierge leur était apparue accompagnée de l'ange Gabriel. Sur son lit, éclairée de sa lampe de chevet, Madenn avait contemplé ces fillettes de campagne, leurs sourires honnêtes, ces quatre visages sans malice qui avaient reçu la grâce ; elle avait fini par s'adosser à son oreiller, l'album ouvert entre ses mains tremblantes ; demain, elle en aurait le cœur net.

En contrebas, Isaac semblait attendre. Il guettait les alentours, incertain de ce qu'il était venu retrouver. Madenn se décida à descendre : pas à pas, elle se rapprocha, retenant son souffle, ne quittant pas l'enfant du regard. Son cœur, soudain, cogna si violemment qu'elle faillit défaillir : sur le promontoire, Isaac venait de se retourner, ne bougeait déjà plus, fixait ce qui venait de l'appeler encore. Elle dévala la sente, franchit les dunes, atteignit la maison d'Alan et comme la veille tambourina à l'entrée, menaça de faire écrouler la maison, vit enfin la porte s'ouvrir face à elle.

– Tu dois venir.

Elle empoigna Alan par le poignet et l'entraîna hors de la maison avec une telle vigueur qu'il manqua de tomber en avant ; elle courait, déjà essoufflée, déjà étourdie par ce qu'elle venait encore de surprendre, mais elle ne ralentissait pas, hâtait même son allure, emmenant cet homme voir ce dont elle était maintenant convaincue.

– Ma mère était à L'Île-Bouchard lors des apparitions… Elle a vu les gamines à l'église…

Sa mère lui avait longuement décrit les scènes dont elle avait été témoin, ces quatre fillettes agenouillées au pied de l'autel, transies, pétrifiées, contemplant le mur vide comme s'il leur avait révélé toutes les réponses de l'existence ; derrière les fillettes, rassemblés dans la nef, les villageois émus, ne voyant rien mais sentant tout, comprenant qu'ils n'étaient pas seuls, devinant à cet instant qu'en leur petite église la Sainte Vierge était bien parmi eux.

– Elles avaient cette façon de regarder… Et ton fils… c'est exactement pareil…

Alan s'arrêta brusquement, irrité par celle qui le tirait en avant sans raison, irrité d'avoir été réveillé alors qu'il était parvenu à s'assoupir : de retour du travail, il s'était allongé sur le canapé et avait aussitôt sombré ; il n'avait pas entendu son fils passer dans le couloir, n'avait pas réagi lorsque la porte s'était refermée à l'entrée. Le sommeil s'imposait malgré lui. Depuis longtemps, Alan ne choisissait plus son repos : il attendait, comptait les heures la nuit, ignorait à quel instant de la journée il pourrait retrouver un peu de quiétude. Un jour, en pleine leçon de conduite en mer, il s'était endormi sur le bateau, sans entendre les cris de l'élève qui, paniqué, avait dû revenir au port par lui-même et n'avait depuis plus remis un pied sur une chaloupe. L'absence de son épouse lui avait ôté tout équilibre, et Alan laissait faire, s'en remettait à ce qui l'attendait chaque jour, avait trouvé même un certain salut à ne plus décider des choses.

– Qu'est-ce qu'il te prend, Madenn ? De quoi tu me parles ?

L'absence d'instinct chez les hommes ne cessait jamais de se confirmer ; agacée à son tour, Madenn approcha d'un pas, planta ses yeux bleus dans les siens comme si elle s'apprêtait à ne lui dire qu'une seule fois :

– Je te parle de ceux qui voient la Vierge.

À nouveau, elle l'entraîna en avant, sans le laisser réagir, sans lui laisser le temps de se répéter ce qu'il venait d'entendre. En contrebas, la mer grimpait sur la grève, revenait sur le sable qu'elle avait déserté tout le jour ; le varech se laissait emporter, flottait au gré des remous, pelote visqueuse et brune que l'eau recracherait le lendemain en quittant à nouveau la côte.

– Là-bas. Ton fils.

À trois mètres au-dessus du sable, sur le rebord, Isaac, indifférent à la marée qui montait, indifférent à la voix de son père qui l'appela une première fois ; il contemplait le ciel, voyant passer les nuages épais et mauves, ou était-ce autre chose qu'il regardait, la ronde des goélands au-dessus de la côte, la lune croissante qui apparaissait déjà, une lueur particulière que lui seul savait voir. À nouveau, son nom résonna dans le vide, écho d'un monde auquel il n'appartenait plus, pareil aux morts qui tentent en vain d'être entendus des vivants. Un parfum de salure, vif et froid, passait sur la côte ; la marée poursuivait sa montée, avalait les derniers monceaux de varech sur son passage ; les vagues murmuraient, embrassaient le sable dans une même langueur, bordaient la grève d'un bleu qu'assombrissait la fin du jour.

– Isaac !

La voix cette fois était tout près : dans son dos, Alan arrivait, à bout de nerfs, ne supportant plus cette silhouette immobile qui lui causait un effroi inconnu. Sa main empoigna Isaac et le retourna vers lui : il ne reconnut pas le visage. C'étaient bien ses traits, c'était bien là son fils, oui, son regard en amande, son nez un peu relevé, sa bouche fine et muette ; pourtant Alan ne l'identifiait pas, ne trouvait pas l'évidence de la chair, sentait cet enfant étranger à lui-même. Sans savoir quoi faire d'autre, il saisit ce garçon par les bras et le secoua, vigoureusement, comme si brusquer le corps pouvait rappeler l'esprit, comme s'il n'avait pas assez bousculé ce fils, comme si ce visage pétrifié était le fruit de toutes ses négligences. À l'arrière, Madenn hurla, l'implora de cesser, de ne pas lui faire mal, et Alan ne l'entendit pas, comme si rien ne s'entendait plus sur ce promontoire, comme si ce lieu coupait du monde ; il continua de rudoyer ce corps, tenta de chasser cette stupeur qui figeait le visage, étreignit ces bras frêles jusqu'à sentir les os sous la peau.

– Qu'est-ce que tu as ? Qu'est-ce que tu fais ici ?

Madenn intervint, mit fin à cette violence, et au même instant Isaac sembla revenir : ses pommettes retrouvèrent de leur rose ; ses lèvres s'ouvrirent, tentèrent de prononcer un mot ; ses yeux croisèrent ceux de son père, et des larmes apparurent, glissèrent sur les joues, mouillèrent ce visage qu'Alan n'avait jamais vu ému jusqu'alors, ni à l'hôpital après l'accident, ni pendant l'enterrement, ni à aucun moment de cette adolescence qu'il savait pourtant triste ; il les regarda couler, sans savoir quoi répondre, sans savoir comment rassurer cette première confidence ; puis un murmure parvint jusqu'à lui :

– Je vois, papa.

Son fils à présent souriait : sans malice, sans mensonge, il souriait, les yeux humides et pétillants, remplis d'une émotion qu'il n'attendait plus, voyant ces nuages denses qui traversaient le ciel, ce crépuscule plein d'une tendresse propre à cette côte, tout ce qu'il avait manqué jusqu'ici et qui lui apparaissait à nouveau.

– Tu vois quoi ? Isaac !

– Je vois.

À bout de forces, Alan relâcha cet enfant dont il ne savait plus quoi faire. Ce dernier se jeta contre Madenn, trouva refuge entre ses bras maternels.

– Je vois, Madenn.

– Je sais.

Elle l'étreignit, plongea son visage dans ses boucles salées. À côté, Alan recula d'un pas, étranger à ces deux corps qui se retenaient l'un l'autre.

Des goélands tournoyaient, contemplant la scène sans un cri. L'écho d'une cloche finit par résonner le long de la côte : au-delà de la mer, l'église sonnait l'heure pile à Roscoff.

II

UN VOYANT

Au-dessus de Roscoff, la couche basse du petit matin, moins grise que bleue, sans une fissure pour voir le soleil poindre. Le long du vieux port, le tintement des bras de vergues contre les mâts ; des chalutiers amarrés, encore endormis, débordant de casiers à crabes sur leurs poupes ; leurs armatures en acier gainées de cordages colorés, bleus, jaunes, verts, violets, encore humides de la veille, symboles d'une pêche traditionnelle qui s'exerçait toujours ici et préservait les hommes de mer comme les fonds qu'ils pratiquaient. Seul, un caseyeur quittait le port. Sa silhouette fendait l'eau, créant quelques remous, faisant dodeliner les boules d'amarrage à la surface métallique. À l'est, en surplomb du port, la chapelle Sainte-Barbe observait ce départ ; c'était une maisonnette, blanche et modeste, élevée au-dessus des arbres et rien n'eût dit que cette chapelle veillait là depuis quatre siècles, témoin de tous les départs, de toutes les caravelles jamais revenues, unique patronne des Johnnies, ces marchands d'oignons du début du siècle, partant chaque été livrer leurs cagettes vers l'Angleterre et qui appelaient sa protection en quittant le port de Roscoff. On avait cessé de la prier désormais. Les bateaux quittaient la jetée sans s'incliner, sans lever leurs voiles à sa vue, regardant seulement sa façade blanche pour se repérer à l'approche de la côte.

La chapelle Sainte-Barbe vit s'éloigner le caseyeur, muette, oubliée des marins, patronne devenue simple amer, vestige auquel le présent avait retiré tout prestige.

Au pied de l'église, des habitants s'étaient retrouvés. Ils discutaient, remarquaient l'absence de vent, ce qui rendait cette matinée plutôt douce, ils s'en réjouissaient. Sur les pelouses, des sacs de vêtements, des cartons annotés, *Enfants*, *Pulls*, *Chaussures*. Deux tables avaient été dressées pour la collecte ; sœur Delphine et sœur Anne triaient les vêtements, bavardaient avec ceux qui déposaient leurs dons. Une couche grisonnante demeurait sur la ville. L'église, changeant son apparence selon le ciel, arborait ce matin un granit de cendre ; on ne faisait plus attention aux reliefs surmontant sa voussure, à la figure de cet armateur dressé sur la hune d'une caravelle, affrontant la houle protégé de deux anges, on en oubliait les autres navires qui flanquaient le saint édifice, la mer partout présente, à l'extérieur et dans la ville, jusque dans ses façades, première habitante de cette terre qui avait vu toutes les naissances et comptait tous ses morts.

– Sœur Anne, mettez de côté ce qui est troué ou taché. Nous ne donnons pas de vêtements en mauvais état.

Sœur Anne s'exécuta et déposa un pull dans un carton ; elle jeta un œil à la chapelle-ossuaire, quelques mètres plus loin, l'une des deux qui ouvraient l'enclos paroissial et qu'elle avait confondue la première fois avec une simple maison. Elle détourna le regard. Les seuls ossuaires qu'elle avait connus jusqu'alors demeuraient cachés sous Paris, n'étaient visibles qu'à ceux qui voulaient bien descendre sous terre pour les voir, un intérêt morbide qu'elle n'avait jamais compris : l'homme dévoyait l'aspect sacré du corps en allant contempler ces os qui en étaient dépouillés.

Elle revint à sa pile de vêtements ; de l'autre côté de la table, un homme la fixait : trapu, bancal, les cheveux gominés d'un côté, il paraissait tout étonné par ce visage gracieux qu'il découvrait. Goulven venait rarement à Roscoff, ne savait plus qui y habitait encore et qui d'autre était décédé ; il avait croisé trois ou quatre fois sœur Delphine, aux rares occasions où il avait dû prendre la vedette, traverser cette mer qu'il évitait depuis qu'elle l'avait blessé ; celle-ci lui manquait pourtant, c'était certain, la houle sous le corps, le vent mordant le visage, mais il ne la retrouvait que lorsqu'il y était contraint, et Madenn l'avait contraint ce matin.

Il souleva le sac plastique qu'elle lui avait remis.

– J'ai ce pochon.

– Vous pouvez le déposer ici. Merci pour votre don.

Il ne bougea pas tout de suite, pris d'une envie de parler, de confier ce que Madenn lui avait dit, pareil aux enfants qui découvrent la tentation de braver l'interdit. Il déposa le sac à terre et s'approcha de la sœur.

– Un môme voit la Vierge sur l'île.

Il pouffa de rire, surpris lui-même par ses mots, révélant au passage sa mâchoire édentée. Sœur Anne ne comprit pas d'abord, ne vit rien d'autre que ces yeux pétillants, ironiques, fixant les siens comme s'ils lui jetaient un sort ; elle tenta de reculer mais la main de l'homme agrippa son poignet.

– Il l'a vue trois fois déjà.

– Nous avons du travail, Goulven. Va raconter tes sottises ailleurs.

Sœur Delphine avait posé son poing sur sa hanche, toisait cet ancien pêcheur de l'île qui ne marmonnait d'habitude jamais un seul mot.

– Elle lui a demandé de revenir aujourd'hui.

– Évidemment, tu la salueras pour nous. Allez ! Ouste !

Goulven se retourna vers la sœur qu'il ne lâchait pas, la regarda encore, sentit sous ses doigts la peau qui frémissait ; il avait l'instinct de ceux qui ont parcouru l'eau, longtemps, qui ont appris à lire et à pressentir un changement de lumière, une ombre passant sous la mer ; il étreignit ce poignet, sans lui faire mal, sans l'apeurer, puis il murmura pour elle seule :

– Au bout d'la route de Sainte-Anne, toujours.

Il s'en alla du parvis en claudiquant et disparut à l'angle d'une venelle ; pliant une veste, sœur Delphine secoua la tête d'un air consterné.

– Voilà qu'il parle d'apparitions mariales maintenant. Ça ne rend pas sain de vivre sur une île.

À côté, sœur Anne demeurait droite, le visage impavide, fixant l'endroit où l'inconnu venait de s'éclipser. Il lui semblait que l'homme la retenait encore, serrait toujours son poignet, comme s'il l'avait reconnue, comme si c'était elle qu'il était venu trouver. Ses mains se crispèrent sur la pile de vêtements, froissèrent les tissus sans le vouloir. La voix lui revint, chanta ces mêmes mots, comme une célébration : « La Sainte Vierge t'apparaîtra en Bretagne… »

Le vent passa sur le promontoire et effleura la statuette ; des galets assuraient la stabilité du socle ; un chapelet ornait la petite figure en résine. La Vierge miraculeuse se dressait là, ses pieds nus chatouillés par l'herbe, ses mains entrouvertes pour recevoir la prière, heureuse de cet autel qui se construisait sous ses yeux. À côté, Madenn remplissait d'eau un vase en terre cuite. Son regard était profond, ses gestes graves, toujours bouleversés par le souvenir de la veille. Elle sentait encore Isaac tomber dans ses bras, son corps transi, léger, comme si on l'avait délesté de tout ce qui encombre les mortels ; elle l'avait raccompagné, lentement, jusqu'à sa chambre ; dans son lit, l'enfant l'avait regardée, rattrapé par le doute encore, désormais incertain du monde auquel il devait se fier : « Elle m'a demandé de revenir demain. » Madenn avait caressé son front, jusqu'à ce qu'il se fût assoupi, puis elle s'était assise sur le rebord du lit, ses jambes près de flancher, saisie d'une émotion qu'elle n'avait jamais connue jusqu'alors : oui, sa mère avait dit vrai, sa mère avait toujours dit vrai, et Madenn n'en avait jamais douté, elle avait toujours été certaine que ses récits étaient réels, mais voir ce que le cœur savait n'avait pas son pareil : la Vierge descendait parmi les hommes.

– Madenn !

Goulven arrivait du sentier. Son visage était rougi par cette course sur le continent dont il n'avait plus l'habitude. Le matin, Madenn était venue frapper à sa porte, un sac d'affaires dans une main, le chargeant d'aller déposer ces vêtements à la collecte de Roscoff, puis elle lui avait demandé de rapporter un bouquet de lys blancs. « Isaac voit la Sainte Vierge. » Elle avait dit ces mots naturellement, comme si c'était évident, comme si rien d'autre n'avait besoin d'être expliqué. Goulven avait empoigné le sac sans question, ayant été témoin de faits en mer plus improbables qu'une simple apparition de la Vierge.

Il arriva à sa hauteur, essoufflé, brandit fièrement le bouquet dans sa main.

– Des lys pour la Sainte Vierge, comme t'as demandé !

Madenn se retourna, écarquilla ses grands yeux bleus.

– T'as pas dit au fleuriste que c'était pour la Vierge, tout de même ?

– *Nann !*

L'homme secoua la tête, un peu trop vivement au goût de Madenn ; elle ôta le bouquet de ses mains, le disposa dans le vase en terre cuite. Son attention se porta sur chaque fleur, en étudia la hauteur, l'inclinaison, s'assura qu'aucun pétale n'était fané, car le sacré inspirait le parfait, et tandis qu'elle soignait cet arrangement, elle songea que, peut-être, celle qui avait promis de revenir la regardait déjà, la voyait préparer ces lys immaculés pour sa venue, et cette pensée hâta les battements de son cœur. Au pied du promontoire, la marée avait complètement déchalé, révélant les bas-fonds de la grève, le sable gonflé d'eau et sillonné de rigoles qui se jetaient dans la mer basse : partout, des morceaux de rochers bruns tachetant l'espace pareil au varech, dispersés comme si on les avait jetés là au hasard ; plus loin encore, là où la mer ne descendait plus, des décombres de rochers recouverts au sommet d'une mousse verdâtre, ruines apatrides entre l'eau et la terre racontant l'histoire de ces sols et l'esprit de ses gens.

– Voilà le père Alan qui arrive…

Sur le sentier, Alan venait d'apparaître : il avait reconnu les deux silhouettes en ouvrant les fenêtres de son salon. Jusqu'à l'aube, il avait attendu, hésitant, voulant monter à l'étage, secouer encore son fils pour le contraindre à une explication. Le visage d'Isaac lui revenait, pétrifié, pareil aux statues, pareil à ceux qu'un choc fige dans une émotion. Il avait fumé, arpenté le salon, écouté la pendule, sans se résoudre à monter, redoutant ce que son fils pourrait lui dire, redoutant tout ce qu'il ne pourrait pas comprendre ; aucun homme n'éprouve jamais l'impéritie autant qu'un père.

À présent, Alan était sur place : il découvrait le bouquet de lys blancs, la Vierge dans l'herbe habillée d'un chapelet, ce vieux pêcheur bougon qu'on ne croisait d'habitude qu'à l'heure du déjeuner, Madenn ajustant tranquillement le bouquet, tous deux soudain disciples, honorant ce lieu simplement car Isaac y avait contemplé le vide.

– Tu n'es pas sérieuse ?

– Tu as vu comme moi hier, Alan.

Madenn se pencha vers son cabas, en sortit deux bougies neuvaines. Ces gestes échappaient à Alan. Cette confiance sans avoir besoin de voir. Cette intuition se passant de preuves – ou peut-être Madenn en avait-elle eu la preuve, la veille, dans le silence d'Isaac, dans son propre ressenti ; le sentiment se suffisait pour certains. Mais Alan était du côté des sens, ne pouvait croire qu'à ce qu'il pouvait constater, et au-delà même d'une foi qui ne lui importait plus depuis qu'il avait perdu son épouse, ce qui se jouait ici concernait Isaac et il refusait de voir ce cirque prendre forme en son nom.

– Je n'ai rien vu et toi non plus. Ne projette pas ta lubie sur mon fils.

– Ce qui se passe est plus grand que lui.

Madenn se releva, tendit une bougie à Goulven ; elle demeurait là, droite et calme, certaine de ce qu'elle professait, pleine d'une confiance qui relevait presque de l'arrogance, car elle *savait*, comprenait les choses spirituelles, comprenait tout ce qui échappait encore à Alan ;

à la voir, elle semblait être de ceux qui s'enorgueillissent de leur foi, prennent celle-ci pour une vertu, se targuent d'avoir une longueur d'avance sur les autres.

Alan inspira, puisa dans le peu de patience qui lui restait encore.

– Remballe tes affaires avant que quelqu'un ne les voie.

– Je ne toucherai pas à cet autel.

– Madenn, je ne vais pas le répéter…

– C'est non.

Des goélands survolèrent la grève en riant, amusés par la scène qui se jouait en contrebas ; c'était une lutte sans vainqueur, deux paroles irréconciliables, la foi et le refus, l'élan vers l'invisible et l'ancrage dans le réel. Un crachin tombait sur la côte, voile de lin troublant les contours, et soudain, derrière eux, au cœur de cet espace effacé, Isaac, surgi de nulle part, pareil aux spectres qui surprennent au détour d'un couloir. Sitôt qu'il l'aperçut, Alan bondit vers lui.

– Je t'interdis de revenir ici !

Il l'empoigna par le bras, moins brusquement que la veille, car il voulait seulement être entendu, rappeler son autorité, rappeler surtout à la raison là où tous semblaient l'avoir oubliée. Il se rapprocha encore, ses yeux rougis par l'épuisement, soufflant ces mots qu'il ne parvenait pas à retenir :

– On te remarque déjà assez, Isaac.

Dès lors, tout alla trop vite : sous sa main, Isaac qui tomba à genoux, à nouveau frappé par un sort ; Madenn qui tressaillit, alluma les bougies d'une main tremblante ; la main qui se posa sur son bras, celle d'une religieuse, qu'Alan n'avait pas entendue arriver, comme si elle aussi venait d'apparaître, comme si rien sur ce promontoire n'obéissait plus aux lois du réel. Sœur Anne avait suivi Goulven depuis Roscoff. Elle avait observé toute la scène à l'écart des regards, jusqu'à cet instant où l'enfant était tombé à genoux. « Un rêve m'est venu cette nuit… » Elle contournait à présent ce corps prosterné, sans entendre les prières des deux témoins, luttant contre un nouveau vertige. « Je l'ai vue, aussi nettement que je te vois maintenant… » À sa hauteur, elle le reconnut, cet adolescent de la veille, oui, celui qu'elle avait croisé en voiture avec Michel Bourdieu, son visage pâle et inquiet, elle s'en souvenait à présent. Un pressentiment lui coupa le souffle. Elle approcha sa main, effleura la paupière du garçon : sous ses doigts, les cils ne frémirent pas. Elle se retourna, observa le ciel à son tour, chercha partout ce que sœur Rose lui avait promis, ce qu'elle devait voir elle aussi : une éclaircie se mêlait au crachin, illuminant chaque goutte minuscule, voile scintillant qui traversait l'espace et s'achevait dans la mer grise.

La même averse sur le jardin. Les flaques embourbant la pelouse, le tricycle rose rouillant sous les gouttes. Sœur Anne se détourne de la fenêtre, lasse de ce jardin que noie la pluie. Dans la pénombre, sur le rebord du lit, l'enfant est assise. Sœur Anne s'approche, sans bruit, sans quitter des yeux cette fillette qui ne voit rien d'autre que la porte fermée. Les gouttes s'abattent sur la toiture, n'en finissent pas d'assourdir la chambre obscure. Au pied de l'escalier, un grincement : des pas montent les marches. Quelqu'un vient à l'étage. L'enfant se raidit, fixe cette porte où s'annonce le danger. La porte. D'un bond, sœur Anne l'atteint, tâtonne dans la pénombre, cherche une clef, un verrou ; les pas gravissent les marches, et rien ne s'entend d'autre dans cette maison que cette présence qui approche, plus menaçante que la pluie diluvienne sur les tuiles, plus terrifiante que l'orage noircissant le ciel. Sœur Anne cherche encore, survole l'obscurité du regard, aperçoit la fillette, son visage tordu par un cri, un cri muet, que seuls les défunts peuvent entendre, ses petites mains tirant sa jupe, couvrant ses jambes nues, cachant ce qu'elle n'a pas choisi. Un bruit sourd sur le palier : il a atteint l'étage. Sœur Anne se plaque contre la porte, ancre ses pieds dans la moquette, résiste à cette force qui la nargue de l'autre côté ; la porte s'ouvre brusquement, la projetant en arrière ; elle s'écroule sur le sol, se retourne aussitôt : sur le seuil de la chambre, il est venu à nouveau.

Son corps se redressa. D'une main, elle repoussa la couette, tira sa chemise de nuit jusqu'à ses chevilles. Son souffle haletait. Dans la pénombre, les poupées avaient disparu des murs. L'averse ne s'entendait plus. La porte était fermée, surmontée d'un simple crucifix en bois. Elle glissa ses jambes hors du lit, posa ses pieds sur le plancher froid. Le bruissement de la mer parvenait jusque dans sa chambre. Elle écouta les vagues voisines, s'y accrocha pour rester au présent. Elle n'avait pas la force de se lever encore : certains songes exigent d'en revenir lentement, demandent une patience que connaissent ceux que la nuit réveille, ceux qui savent qu'il leur faut attendre, quitter ce monde où l'esprit s'est égaré, retrouver leur place dans leur corps. Une lueur finit par attirer son attention : au pied de l'immeuble, un lampadaire clignotait, pareil aux sémaphores, élevant ses signaux jusqu'à sa fenêtre ; la lumière éclaira sa table de chevet : à côté de la Bible, une statuette de la Vierge miraculeuse. Un haut-le-cœur saisit sœur Anne ;

ses mains s'agrippèrent au matelas. La veille. L'île désertée de toute âme. Le promontoire au-dessus de la grève. L'enfant tombé à genoux. « Reviens demain. La foule sera avec toi. » C'étaient les mots qu'il avait rapportés. Les deux phrases qu'il avait prétendu entendre. Ce souvenir remplaça son cauchemar, et sœur Anne se releva du lit, convoquant chaque détail de sa mémoire : ce visage absorbé, et qu'elle avait regardé en guettant un rictus, une fébrilité, un signe infime qui aurait trahi l'imposture, qui aurait révélé que ce garçon trompait tout le monde, par malice, par manque d'attention, par ennui. Un frisson parcourut ses bras ; elle s'empara du châle et enveloppa sa peau nue. Elle arpenta la pièce, les bras en croix, les mains accrochées aux mailles de son châle, comme pour éviter de tomber en avant. L'adolescent n'aurait pas été le premier mystificateur, nombreux avant lui avaient berné les foules, prétendant que la Vierge leur apparaissait, simples escrocs, véritables illuminés, croyants prétendant côtoyer le divin. À chaque instance, la foule s'était laissé convaincre, dupée par l'espérance, voulant croire que la Vierge veillait toujours : seule elle promettait encore là où les hommes avaient échoué.

À l'extérieur, le lampadaire cessa de clignoter ; sœur Anne traversa le clair-obscur de la chambre et vint s'agenouiller devant la petite Vierge en bronze. Celle-ci entrouvrait les mains, l'invitant à initier la prière, souriante, magnanime, consolant les peines avant même de les avoir entendues. Sœur Anne tâcha de prononcer les mots familiers, sans y parvenir. Elle réitéra : « Je vous salue Marie… », n'entendit rien d'autre que le silence dans sa voix. Elle n'avait pas su trouver le mensonge hier. Elle avait espéré démasquer l'enfant, lui rappeler qu'on ne s'amusait pas du sacré, qu'on ne simulait pas la foi comme si celle-ci relevait d'un choix. Elle n'en avait rien dit. Elle n'avait vu rien d'autre que le plus pur éclat du visage, et une douleur indicible avait progressivement étranglé sa gorge.

Dans cette chambre humide où le sommeil l'avait réveillée, elle demeura à genoux, sa gorge étouffée de cette même douleur, incapable de parler à celle qui était venue à un autre.

« … dans l'actualité toujours, les habitants de Plouguerneau ont eu la mauvaise surprise d'être réveillés ce matin par un tremblement de terre : à 4.6, la magnitude est d'une rare intensité pour cette région ; il y a quelques jours, un autre séisme est survenu au large des côtes et a été ressenti jusqu'à Brest… »

Hugo posa sa fourchette sur son assiette et se tourna vers le téléviseur allumé : à l'écran, des habitants témoignaient de la secousse survenue à l'aube, ils décrivaient ce cadre qui était tombé du mur, les pieds du lit qui avaient bougé comme si le diable avait secoué le sommier, cette faïence de famille retrouvée brisée sur le carrelage, mais c'était le bruit surtout, ce grondement de la terre, impressionnant, et qu'ils entendaient encore à l'instant où ils en parlaient. Hugo regarda ses parents.

– Plouguerneau… C'est à une heure d'ici.

En bout de table, Michel Bourdieu toisa celui qui venait de s'exprimer : il regardait parfois Hugo comme s'il le découvrait, comme s'il se rappelait que ce fils-là était aussi le sien.

– Et ? Ça t'a réveillé ce matin ?

Cette réplique l'embarrassa, et il reprit une bouchée de gigot sans rien dire. Ce second fils lui inspirait une hostilité qui le dépassait. Son esprit était sans doute trop différent du sien, sa sensibilité trop affinée aussi, manquant d'une fermeté qu'il estimait nécessaire en tout homme. Il avait tenté de l'apprécier pourtant, avait essayé de trouver des qualités à ce fils qui ne lui ressemblait par aucun trait. Cet effort avait été au-delà de sa volonté ; certains enfants devaient au mieux se tolérer.

– La terre tremble ici. Rien de quoi s'inquiéter.

Il ne le regardait déjà plus, mais sa voix s'était tempérée, avouant d'une certaine façon qu'il regrettait cette rudesse. En arrière-plan, le journal régional enchaîna sur le point météo de la semaine.

– Tu reviens quand, papa ?

De l'autre côté de la table, Julia jeta un œil à la valise descendue dans le vestibule. Leur père partait assister aux funérailles du prêtre qui les avait unis, lui et son épouse, dans la basilique Notre-Dame-des-Victoires à Paris.

– Après-demain. Je prendrai la première vedette le matin. Mange tes haricots, maintenant.

Cette injonction vexa la fillette ; du bout de sa fourchette, elle piqua les haricots qu'elle avait enterrés dans la purée, se promettant de mieux les cacher la prochaine fois. On sonna à l'entrée. Michel Bourdieu se leva et quitta le salon.

Derrière la porte, l'un des paroissiens retira son béret à sa vue.

– Michel... vous êtes au courant ?

Le paroissien comprit que la nouvelle n'était pas encore venue jusqu'à lui et il s'approcha d'un pas.

– Un garçon prétend avoir vu la Sainte Vierge. Ici. Sur l'île.

Michel Bourdieu jeta un œil par-dessus son épaule, s'assurant que personne n'entendait ces propos. Il s'appuya au chambranle de la porte.

– Qui est-ce ?

– Le fils d'Alan. Votre voisin, le veuf...

– Je sais qui c'est.

– Il l'aurait vue quatre fois déjà. Elle lui aurait parlé !

Michel Bourdieu regarda la maison au pied de la côte, à l'écart des autres, dans un tel état de négligence qu'il avait cru la première fois que personne n'habitait ces lieux.

– Je dois m'absenter deux jours. Je suis certain que ce n'est rien.

– On ne plaisante pas avec ce sujet, Michel. Ce garçon va agiter toute l'île pour un peu d'attention.

Le paroissien vissa son béret sur sa tête et s'éloigna. Michel Bourdieu referma la porte. Il se retint à la poignée, fixant le vestibule sans le voir, puis il retourna dans le salon, prétextant que François était venu lui faire part de ses condoléances. Il se laissa tomber sur sa chaise, surpris par cette lourdeur qui l'accablait. Il saisit ses couverts, découpa le gigot, machinalement. Autour de la table, on passa la corbeille de pain sans bruit. Les couverts tintaient. Chacun demeurait penché sur son assiette, écoutait vaguement le générique qui lançait le feuilleton du début d'après-midi. Soudain, Michel Bourdieu suspendit ses gestes, dévisagea ce fils dont il se souvenait à nouveau.

– Tu es ami avec Isaac ? Celui qui vit au bout de la route ?

L'adolescent se raidit sur sa chaise. Il creusa sa mémoire, se demanda ce qui l'avait trahi, ce qu'il avait bien pu montrer par le passé pour motiver cette question, son père ne faisant jamais preuve d'une telle sagacité.

– Je suis premier en classe de maths et de sciences. Je n'ai pas d'amis.

Michel Bourdieu l'observa, ses couverts en main ; autour de la table, on s'immobilisa, on guetta sa réaction, surpris par ce malaise qui s'invitait au cours du repas ; en fond sonore, le feuilleton résumait l'épisode de la semaine précédente.

– Je ne veux pas entendre que tu le fréquentes.

L'homme retourna à son assiette, et le déjeuner se termina sans autre mot. Après le dessert, on débarrassa, on passa l'éponge sur la nappe en toile, dans une routine où chacun connaissait ses gestes ; on rassembla les papiers du départ, on hissa la valise dans le coffre de la 2CV ; une éclaircie perçait au-dessus de l'île, émaillant la mer de scintillements.

Michel Bourdieu descendit la route en voiture, ralentit à l'approche de la dernière maison. Il hésita à aller frapper à la porte, à confronter Alan sur ce qui commençait à se dire sur son fils. Ce dernier ne voyait certainement rien d'autre que sa seule imagination, avait trouvé ce prétexte pour passer le temps, appeler l'attention que son père ne lui donnait plus ; on ne lui avait sans doute pas appris à honorer le Christ et les saints, à ne pas prendre pour frivole ce qui relevait du sacré, à ne pas parler de choses dont il ne comprenait pas la portée. Il jeta un œil à sa montre : ce sujet devrait attendre son retour. Il remonta la côte, obnubilé par cette seule pensée, au point qu'il ne remarqua pas, de l'autre côté de la dune, les silhouettes qui descendaient le sentier ; plus loin, sur le promontoire, d'autres personnes étaient déjà présentes. Dès le lever du jour, la même rumeur avait parcouru le centre-ville : « Vous avez entendu la dernière ? » « Elle descend parmi nous. » « C'est un garçon perturbé depuis le décès de sa mère. » « Entendre des sottises pareilles. » « Je suis sûre qu'il dit vrai. » « On va amener des cierges. » On se penchait vers la statuette de la Vierge, inchangée depuis que Madenn l'avait placée là la veille, on déposait des roses blanches, des gardénias, des bruyères, on allumait des bougies à l'abri de la brise ; certains observaient le ciel ondoyant, comme s'ils pouvaient y surprendre quelque chose, d'autres se retournaient vers la maison au pied de la côte, guettant la venue de celui dont on prononçait le prénom depuis le matin.

– Isaac.

Alan répétait ce nom pour la troisième fois à présent ; debout, au milieu du salon, il fixait ce fils qui demeurait silencieux malgré son insistance. Il était venu le trouver en début d'après-midi, l'avait tiré hors de son lit où le garçon espérait naïvement qu'on l'oublierait. Les volets étaient clos ; Alan les avait rabattus la veille, ne comprenant plus ce qui se passait au-dehors, fermant sa maison à tout ce que l'extérieur dissimulait encore.

– Qu'est-ce qu'il se passe depuis deux jours ? Qu'est-ce qu'il t'arrive là-bas ?

Les mêmes questions, depuis une heure maintenant. La pendule comptait les secondes dans un tic-tac suranné. Derrière les volets, le jour peinait à percer, et c'étaient deux silhouettes qui se faisaient face dans ce salon condamné, l'une debout, perdant patience, l'autre sur le canapé, mutique, égarée dans le souvenir de la veille.

– Réponds, Isaac !

– Je vois une femme.

L'adolescent avait répondu doucement, comme s'il voyait à nouveau celle dont il parlait, comme s'il lui fallait parler bas pour respecter cette présence ; Alan se demanda s'il avait bien entendu, si ce chuchotement était une réponse, à défaut d'une explication.

– J'étais là, moi aussi. Je n'ai vu aucune femme.

Son fils sembla ne pas se soucier de ce détail ; sur le canapé, il paraissait serein, attendait patiemment que cet interrogatoire prît fin. Quelque chose était changé, et Alan ignorait exactement quoi, la posture, la voix peut-être, cette façon d'habiter le silence sans s'en inquiéter.

– Isaac, si tu mens…

– Je ne mens pas.

La sonnette retentit à l'entrée. Agacé par cette interruption, Alan quitta le salon en rouspétant. Son pas était fébrile. Il n'avait pas dormi cette nuit encore, avait tout aussi peu mangé depuis la veille : son quotidien était bouleversé depuis deux jours, et il n'en comprenait toujours pas la raison.

Sur le seuil, Madenn, ses yeux rouges et humides rapidement séchés de leurs larmes juste avant que la porte ne s'ouvrît. Elle ne voyait plus l'enfant. Ces derniers jours, Isaac ne passait plus la porte du restaurant, ne venait plus s'asseoir derrière le comptoir, déjeuner en sa compagnie. Elle l'avait vu sur le promontoire, certes, mais pétrifié entre deux mondes, à peine capable de lui parler, étranger à toute chose autour de lui ; désormais, ce tabouret vide, ce plat qu'elle ne lui servait plus, cette absence qu'elle n'avait pas envisagée marquaient la rupture avec un temps dont elle ignorait s'il reviendrait un jour.

– Je veux juste savoir comment il va.

Sur le perron, Alan jeta un œil aux alentours, ne faisant plus confiance à cette île, puis il se pencha vers Madenn.

– Mon fils n'a pas dit qu'il voyait… *qui* tu prétends.

Cette remarque amusa Madenn et dissipa quelque peu son chagrin ; elle resserra son gilet autour de sa taille afin de contrer le froid.

– Il n'a pas besoin de dire ce qu'il voit.

Son regard changea soudain : à l'entrée, elle l'aperçut, cet enfant qu'elle n'espérait plus voir, cet enfant qu'elle aimait mieux que s'il avait été la chair de sa chair ; elle ouvrit grands les bras et enlaça ce corps qu'elle retrouvait enfin, remerciant le ciel de ne pas emporter Isaac complètement, de le lui laisser un peu à elle aussi. Le crépuscule adoucissait la lumière, révélait des teintes plus tendres et profondes, heure particulière où le jour bénissait la côte avant de se retirer. D'un même pas, ils se mirent en route, serrés l'un contre l'autre, et Alan les regarda s'éloigner, sans savoir lequel des deux soutenait l'autre, sans pouvoir les retenir ni trouver la force de s'interposer encore. Il demeura là, au pied de cette maison délabrée, incapable de reconnaître ce crépuscule qui embrassait l'espace, ce crépuscule qu'il connaissait pourtant, pouvant deviner l'heure selon la lueur, et qui n'avait à cet instant plus rien de familier.

Au loin, il aperçut d'autres silhouettes, une douzaine, oui, sur le promontoire, se retournant à mesure que Madenn et Isaac approchaient, accueillant avec déférence ce fils qui semblait ne plus être le sien.

Hugo serait le dernier témoin ce soir. Dans sa chambre, il montait sa lunette astronomique sous l'œil impatient de sa sœur ; celle-ci guettait sa montre, rappelait que le lever de lune était pour bientôt, qu'ils devaient se dépêcher et vite à présent. Au rez-de-chaussée, leur mère rangeait la vaisselle. La radio était allumée, passait les titres d'une station locale. Les rares fois où leur père s'absentait, la maison changeait d'humeur, retrouvait une quiétude qui ne semblait possible qu'en son absence.

L'instrument fut prêt, et Julia bondit du lit de son frère.

– Dans ma chambre ! J'ai vue sur la grève !

Elle était pleine d'une vitalité inhabituelle, traversant le couloir en sautillant, oubliant un instant son asthme ; son père parti, elle-même recouvrait l'insouciance que l'enfance exigeait.

Dans sa chambre, elle ouvrit grande la fenêtre, inspira ce parfum humide et salé qu'elle avait aimé dès qu'elle l'avait respiré la première fois. Elle se pencha vers la grève et aperçut un petit attroupement sur le rebord de la côte.

– Tiens, c'est pas ton ami ? Celui dont papa parlait ?

C'était bien lui, Hugo le reconnut aussitôt : en contrebas, face à la mer, Isaac, immobile, des cierges formant une chaîne d'étoiles autour de lui, des bouquets de fleurs à ses pieds ; et ces témoins, émus et solennels, le contemplant comme si sa présence avait tout d'extraordinaire. C'était une scène étrange, veillée qui ne semblait pas exactement en être une, messe du soir où aucune prière ne s'entendait, et Hugo l'observait, troublé par un pressentiment qu'il ne comprenait pas. À son côté, sa sœur tira doucement sa manche : la lune se levait à présent, parfaitement ronde, traçant son reflet diaphane sur la mer ; le long de l'horizon, une ultime traînée ocre, dernier souvenir d'un soleil déjà parti, tandis que cette autre présence s'élevait dans l'espace, spectacle des cycles, rappelant que tout sur terre n'était que rituel.

Délaissant son frère, trop distrait pour l'entendre, Julia s'appuya à la fenêtre, subjuguée par cette présence blanche au-dessus de la côte, comme Isaac était subjugué à cet instant, tous deux témoins d'un ciel qu'aucun autre ce soir ne savait voir.

Deux cafés furent posés sur la table. Emmitouflés dans leurs manteaux, les habitués s'empressèrent de boire une gorgée chaude. De l'autre côté de la vitre, la bruine tombant sur le vieux port, matin de février sans surprise, enveloppé de brume, silencieux, ses ruelles fantômes désertées. La seule chaleur, celle de la salle, le café fumant entre leurs mains, et qu'ils buvaient lentement.

Un courant d'air glacé traversa l'espace : sur le seuil, une religieuse maintenait la porte grande ouverte.

– Vous avez un téléphone ?

Elle semblait essoufflée. Un imperméable tombait sur ses chevilles menues, une écharpe protégeait son cou, scintillait de la bruine qui s'était accrochée à la laine. Essuyant un verre, le patron lui fit un signe de tête vers l'arrière. La religieuse relâcha la porte, longea les tables d'un pas rapide ; son voile glissait vers l'arrière, découvrait sa chevelure châtain. Au détour du comptoir, elle aperçut une alcôve, un vieux combiné accroché au mur.

Elle s'empara du téléphone, composa le seul numéro qu'elle connaissait. Le couvent décrocha.

– Je voudrais parler à sœur Rose. C'est sœur Anne. Sœur Anne Alice.

Elle s'agrippa à deux mains au combiné, redoutant de voir le décor basculer, comme tout basculait depuis deux jours, la rue qu'elle parcourait, ondoyant soudainement, comme un séisme qui passait sous la ville, son lit qui sombrait dans les vagues en pleine nuit : rien n'était stable depuis qu'elle était revenue de cette île.

– Tu m'appelles parce qu'*Elle* est apparue ?

À l'autre bout du fil, la voix graillonnante, souriante, cette même voix qui l'accompagnait depuis qu'elle était arrivée ici, lui rappelait la rencontre qui l'attendait dans ce pays.

– Sœur Rose, un garçon dit la voir. Sur l'île voisine, près de Roscoff.

– J'en étais certaine. Que notre Très Sainte Mère soit louée.

– Mais sœur Rose, vous vous êtes trompée. Vous ne vous trompez jamais pourtant.

– Tu me dis qu'*Elle* apparaît ?

– À un autre !

Sœur Anne avait élevé la voix et devinait à présent les regards sur sa nuque : elle n'était pas seule dans ce café, elle en prenait seulement conscience, et son agitation était visible, même dans son implacable raideur. Ses joues s'empourprèrent. Elle n'avait pas pour habitude ce type d'éclat, ne cédait jamais à une émotion trop vive ; comme tout enfant qui avait connu l'excès d'un parent, elle avait fait de la rigueur la première de ses vertus.

Elle appuya son épaule contre le mur, tâchant maladroitement de masquer cette faiblesse.

– J'étais là… Je ne l'ai pas vue, moi. Je n'ai rien vu, sœur Rose.

Sur la ligne, sœur Rose se tut, comprenant toute la détresse de cet appel, tout le malentendu qui avait hanté ces dernières semaines. Elle n'avait pas voulu l'induire en erreur, ce matin-là, dans le couloir qui les menait au réfectoire. Elle avait souhaité partager son songe, se confier à celle qu'elle avait vue grandir, en qui elle avait toute confiance. Elle avait oublié que sœur Anne priait la Vierge depuis ses treize ans, qu'elle s'émouvait de la grâce qu'avait reçue Catherine Labouré, que toute sa vie n'était qu'attente en vue de sa propre rencontre avec la Sainte Mère. Comment avait-elle pu manquer de perspicacité, ne pas penser que sœur Anne n'entendrait que son propre souhait ?

– Ma fille… je n'ai jamais dit qu'elle t'apparaîtrait à toi.

Le combiné contre l'oreille, sœur Anne fixa le mur qui lui faisait face. La phrase lui revint, cette phrase qu'elle avait cru comprendre et qui l'avait menée jusqu'ici, dans le Finistère Nord, à la toute pointe du pays du Léon, cette phrase qui l'avait trompée à une seule lettre près : « Un rêve m'est venu cette nuit : la Sainte Vierge apparaîtra en Bretagne. »

Dans son dos, un tintamarre naissant, des clients qui ouvrirent la porte, saluèrent le patron, commandèrent un expresso, un demi ; le vrombissement de la machine à café, le tintement des tasses, les pieds des chaises qu'on tirait pour s'asseoir. Il n'en fallait pas plus. Le lieu chavira, encore, c'était sans répit, sans fin. Sœur Anne raccrocha le téléphone et traversa la salle, chancelante, livide, poussa la porte à deux mains, aperçut le sol mouvant, la brume se refermant sur elle, âme de tous les marins naufragés en mer prête à l'engloutir elle aussi entièrement.

– Sœur Anne !

Deux bras venaient de retenir sa chute, elle ne voyait pas qui encore, n'apercevait rien d'autre que le voile devant ses yeux ; elle se laissa faire, s'appuya contre ce soutien qui l'accompagna à l'abri de la bruine ; elle prit place sur un banc, porta sa main fébrile à son front.

– Vous voulez un verre d'eau ? Un peu de sucre ?

À côté, père Erwann, son regard attentif, son sourire rassurant. Pas une ligne ne traversait son front, la peau était glabre, ne portait encore aucune imperfection du temps ; derrière ses lunettes, le jeune prêtre affichait cette confiance particulière, commune à ceux qui avaient choisi la prière pour se relier au monde. Il ne la quittait pas des yeux, soutenait toujours son bras, et cette attention finit par embarrasser sœur Anne : elle donnait à voir un manque de pudeur qui allait contre son caractère.

– J'ai raté la marche et j'ai perdu l'équilibre. C'est tout. Nous pouvons y aller, mon père.

L'homme se garda d'insister et relâcha son bras. La bruine voilait le vieux port face à eux. Au pied des bassins, la marée déchalée découvrait un sable grisonnant et aqueux, et les bateaux de plaisance s'enlisaient dans cette vase de ciment, épaves des fonds de mer attendant le retour de la marée haute pour retrouver hauteur et prestige.

Le prêtre croisa ses mains sur ses genoux.

– Sœur Delphine ne nous rejoindra pas. La traversée en bateau n'est pas son fort.

Père Erwann songea à sa ville qui n'était plus la même depuis deux jours. On poussait la porte de l'église, on le sommait de confirmer ou d'infirmer ce qui s'entendait désormais partout, chez les commerçants, dans les brasseries, au détour d'une ruelle, ce garçon qui voyait la Vierge, là-bas, sur l'île de Batz, depuis plusieurs jours ; certains rappelaient qu'il s'agissait d'Isaac, le fils du veuf Alan, et tout le monde savait que le père n'était plus bien stable depuis le décès de sa femme, Isaac non plus d'ailleurs, tous les deux isolés, reclus dans cette maison qui se détériorait depuis dix ans ; d'autres contestaient, affirmaient avoir vu Isaac en pleine extase, à vous en donner des frissons, personne ne pouvait feindre cet état. Chacun y allait de son avis, défendait l'improbable, débat de vérités et de billevesées, et il revenait à père Erwann de calmer les esprits, d'aller lui-même à la rencontre de l'adolescent pour faire la lumière sur ces dires.

– Vous qui l'avez vu, sœur Anne… Vous pensez qu'il dit vrai ?

– … Ce n'est pas à moi d'en juger, mon père.

Ils finirent par se mettre en route, longèrent les bassins nus. La marée basse les contraignait à emprunter l'estacade, à parcourir ses six cents mètres de long pour rejoindre la vedette. Ils s'engagèrent sur cette passerelle de béton culminant à plusieurs mètres et balayée par des vents hostiles qui saisissaient dès qu'on posait un pied dessus. Spontanément, ils baissèrent leur visage, s'inclinèrent sous les rafales qui menaçaient leurs pas ; en contrebas, sous les piliers immenses, des champs d'éboulis, interminables, assombris par les goémons qui tapissaient les roches, fractures que portait la côte en mémoire. Ils marchèrent, penchés en avant, résistant à cette force qui malmenait leur chemin. Au loin, l'estacade pénétrait progressivement dans la mer, rejoignait la vedette qui attendait à cette frontière.

Père Erwann marqua un arrêt juste avant de monter à bord : son visage avait changé durant cette seule distance, portait une gravité que sœur Anne ne lui avait pas vue, juste avant, lorsqu'ils étaient encore assis sur le banc, comme si cette traversée ébranlait moins le corps que les idées.

– Pour être sincère, j'espère que ce garçon dit faux…

Il jeta un coup d'œil vers l'île voisine, appréhendant ce qu'il s'apprêtait à rencontrer, accablé par cette responsabilité qu'il n'avait pas envisagée avant de prendre l'habit.

– Il n'a jamais été bon d'être voyant.

La pendule passait les secondes. Le cliquetis suivait sa ronde, marquant chaque temps de silence dans le salon. Les volets entrouverts laissaient pénétrer une lumière pâle. Un film de poussière traînait à la surface des étagères ; dans les angles, des moutons attendaient d'être aspirés ; du sable s'entremêlait à la laine du tapis élimé. Cette maison paraissait en déshérence jusqu'au sein même de ses murs.

– Est-il vrai, Isaac, que tu vois la Sainte Vierge ?

Sur le canapé, père Erwann appuya ses coudes sur ses cuisses. Sa veste, déboutonnée, découvrait son col blanc qui le distinguait des laïques. Il maintint cette posture, un peu raide sur l'assise, tenu par une peur intérieure dont il s'efforçait de ne rien montrer.

– Je n'ai jamais dit que c'était la Vierge.

Isaac releva ses bras sur les accoudoirs du fauteuil, ses doigts triturèrent le tissu avec nervosité. Il comprenait que les circonstances l'obligeaient à une explication. Il avait bien vu, la veille, les regards troublés sur le promontoire, les mains qui avaient touché son épaule, les prières murmurées sur son passage. C'était un émoi étrange, et qui l'avait déstabilisé d'abord, l'avait presque incité à faire demi-tour ; il ne comprenait pas ces bouquets de fleurs, ces cierges qu'on allumait, ces inconnus qu'il n'avait pas conviés, s'approchant de lui, bouleversés, comme s'il leur apportait une quelconque promesse, comme si cette expérience qui lui était propre appartenait désormais aussi aux autres.

– Qu'est-ce qui t'apparaît dans ce cas ? Tu vois bien quelque chose ?

– Une femme.

À l'entrée du salon, adossé au mur, Alan, observant son fils qui conversait avec un prêtre, comme si c'était normal, comme si rien dans le propos ne paraissait invraisemblable. Toute sa vie, Isaac n'avait jamais cessé de se distinguer, d'attirer l'attention, par son visage d'abord, tendre et émouvant, par le décès de sa mère ensuite, qui avait fait de lui ce garçon à plaindre, privé d'une présence maternelle. Il avait suscité toutes les curiosités, l'éloge et la pitié, la violence également ; et comme si cette singularité n'était pas suffisante, comme si Isaac était de ceux condamnés à une différence, on évoquait aujourd'hui la possibilité qu'il conversât avec la mère de Dieu.

– Peux-tu la décrire ? Est-ce qu'elle te parle ?

L'adolescent sembla réfléchir, et chacun se pencha en avant, observa son silence avec attention, sans savoir si Isaac rappelait vraiment un souvenir ou s'il faisait semblant, cherchait des paroles au hasard, s'amusait de cet intérêt crédule qu'on lui témoignait encore.

– «J'ai déjà mis en garde par le passé... Le cœur des hommes s'endurcit. Ils oublient que le Ciel les regarde.»

Un carillon, soudain : la pendule sonnait seize heures. Les notes se suivirent, tintant dans la pièce immobile, annonçant le passage d'un temps qui semblait suspendu. L'écho s'évanouit progressivement. Le salon retrouva son silence.

– Pourquoi toi ?

Elle avait fini par parler : derrière le canapé, en retrait du père Erwann, sœur Anne rappelait sa présence, jusqu'ici silencieuse, ne laissant pas même entendre un seul souffle, témoin effacé de cette confession qu'elle ne supportait plus.

– Pourquoi la Sainte Vierge t'apparaîtrait ? À *toi* ?

C'était un sentiment qu'elle sentait croître en elle, partout sous sa peau, comme quand la fièvre s'étirait de la nuque aux doigts, une douleur, grave et sourde, saisissant le corps d'une façon que la foi n'avait jamais su le faire, oui, elle découvrait, elle comprenait enfin, ce qu'était détester.

– Tu n'es même pas croyant... Je suis sûre que tu ne l'as jamais priée.

– Sœur Anne.

– Ces choses-là se méritent... tu ne le mérites pas, tu ne le souhaites même pas ! C'est *moi* !

– Sœur Anne !

Père Erwann se releva, dévisagea la sœur sans la reconnaître : ce visage pourtant éclairé, plein d'une quiétude qui semblait défier toute épreuve, brusquement changé, tordu par un mal que le jeune prêtre ne soupçonnait pas ; presque aussitôt, sœur Anne se détourna, s'éclipsa de ce salon où elle venait de révéler un péché ; seule sa voix résonnait encore, étranglée par les mots, semblable à une conjuration qui condamnait désormais ces lieux.

La lueur du jour déclinait. Une couche nuageuse, étouffant le crépuscule, se parait d'un bleu-gris profond. La côte paraissait taciturne et sereine à la fois. Sur le promontoire, des lumières vacillaient, lanternes, photophores, cierges qu'on protégeait de la brise ; des coquilles Saint-Jacques reposaient au pied de la statuette mariale, ornements des mers, roses et orangés, parfaitement ciselés ; partout dans l'herbe, des cairns, mémoires de pierres, repères d'un lieu sacré ; lys, ancolies, roses, iris, autres bouquets immaculés fleurissaient toujours plus ce sol devenu désormais chapelle à ciel ouvert.

– Il arrive.

Un murmure parcourut le promontoire : sur le sentier, la silhouette du garçon venait d'apparaître. Les voix se turent. Des cierges se levèrent. Secondes de silence, durant lesquelles Isaac approcha, écartant naturellement les corps sur son chemin. Derrière lui, père Erwann découvrait ce monde, ces mains qui venaient effleurer les cheveux bouclés, les chapelets qui s'égrenaient près des poitrines. Des murmures s'entendaient, prières que traversait Isaac lentement ; il paraissait presque fragile au milieu de cette assemblée, trop jeune pour comprendre ces regards fixés sur lui ; il aurait pu faire demi-tour, fuir soudainement ces attentions qu'il n'avait pas appelées, le plus solide esprit ne pouvant se mesurer à l'attente. Il avançait pourtant, longeait ces invocations, n'apercevait rien d'autre que le ciel qui s'enténébrait. Son corps tomba brusquement à genoux. Aussitôt, l'effervescence : des cris, des sursauts, des témoins qui s'élancèrent vers lui.

– Ne le touchez pas !

Surgie soudain, sans qu'on sût d'où, Madenn repoussa ces élans, les somma tous de reculer d'un pas. On jouait des coudes, on se poussait, on tendait le cou pour apercevoir Isaac. La foule était nerveuse à présent, se serrant au plus près sur l'étroit promontoire, risquant à tout instant de glisser sur la pente qui menait aux rochers quelques mètres plus bas : elle ressemblait à toutes ces foules qui avaient existé par le passé, ces foules qui s'étaient déplacées pour voir, une extase, un miracle, une preuve que la Sainte Vierge descendait toujours sur la terre, une preuve que les mortels méritaient encore ses promesses.

Madenn écartait les deux bras, protégeant l'enfant dans son dos. Le jour abandonnait la côte, changeait cet attroupement en une masse sombre et frémissante. Elle surveillait chaque geste, chaque mouvement, consciente que rien n'était moins fiable qu'un public exalté, qu'un seul éclat pouvait briser ce fragile équilibre. Elle finit par remarquer, au loin, une silhouette sur le sentier : les bras le long du corps, celle-ci ne se mouvait pas, comme si elle refusait d'approcher, comme si elle désavouait cette foule fervente. La brise soulevait le voile qui enlaçait ses cheveux. Elle demeurait là-bas, fixant la scène à distance, ombre immobile que tout souffle paraissait avoir abandonnée.

Les cris des goélands ; à quelques pas, étrangement proche, le bruissement des vagues. Tout était froid autour. Sœur Anne ouvrit les paupières : une lumière pâle surprit son regard. Elle avait le ciel pour seul toit, une tranchée de sable pour seul lit. Elle était tombée. Oui, hier soir, le souvenir lui revenait, elle était tombée dans ce fossé, sans appeler à l'aide ; elle avait fini par s'éloigner du promontoire, lasse de ce monde hébété, lasse de cet enfant prosterné. Elle avait marché, ses mains frôlant les herbes hautes, ignorant où ce chemin enténébré la menait. Le terrain avait fini par décliner, et elle l'avait dévalé, sentant le sable sous ses pieds, entendant la mer se rapprocher. Le sol s'était soudain dérobé et elle s'était laissée chuter dans l'obscurité. Cette nuit, elle avait ouvert les paupières, aperçu les nuages s'éloigner sous la lune, cette clarté bleutée propre aux côtes, ce firmament qu'elle n'avait jamais contemplé, celui que les gens des villes ne pouvaient voir, qu'ils oubliaient même, existait, là, juste au-dessus des immeubles murant le ciel, nuit morcelée et sans éclat ; elle aurait voulu regarder encore, étudier chaque nouvelle étoile que son œil découvrait, mais elle avait sombré à nouveau, comme si la mort l'appelait dans ce lit de sable fin, du moins elle l'aurait voulu, car elle était réveillée à présent, ressentait avec épouvante ce retour à l'éveil, ce rappel aux souvenirs. Elle se redressa en position assise. Du sable moite s'accrochait à ses mains, elle frotta ses paumes, observa les alentours. La grève blanche était déserte. La mer, tranquille et limpide, déchalait lentement. À droite, s'élevant à quelques mètres au-dessus de l'eau, le petit promontoire, déserté, les fleurs tombées sur la plage, la cire fondue des bougies dans les lanternons, l'absence de tout fidèle maintenant que l'enfant avait quitté les lieux ; seule, encore présente, la statuette de la Vierge, des chapelets autour du cou, attendant patiemment le retour des prières.

S'appuyant sur un genou, sœur Anne se releva. Son voile ne couvrait plus sa chevelure, emporté par la nuit et flottant désormais à la surface de l'eau, semblable au varech. Sans y prendre garde, elle fit quelques pas, cherchant dans le ciel, sondant cette lumière pâle ; elle se retourna, appela cet espace inhabité, demanda à *voir* elle aussi ; elle semblait folle, déambulant sur cette grève froide, sa robe émaillée de sable blanc, fixant l'empyrée en attente d'une réponse, d'un signe, le plus infime, elle n'avait pas prié tous les soirs, elle n'avait pas renoncé au monde pour que la grâce fût donnée à un autre.

Dans son dos, un vrombissement, c'était un moteur, celui d'une voiture, là-bas, au-delà de la grève, la vieille 2CV traversant le chemin de terre. Le véhicule s'arrêta au portail qui fermait la route. Une fillette apparut de la maison, accourut vers son père qui claqua la portière.

– Doucement, Julia. Ton asthme.

Michel Bourdieu souleva l'enfant dans ses bras. Le reste de la famille sortit pour l'accueillir, lui posa toutes les questions propres au voyage, l'aller-retour en train, le séjour à l'hôtel, n'était-il pas trop fatigué.

– On a bien fait de quitter Paris. Cette ville est ravagée par ceux qui y vivent.

Ils préparèrent le petit déjeuner, café et chocolat chaud, beurre et confitures, tartines grillées et jus d'orange ; tous ces parfums emplirent le salon, douceurs n'appartenant qu'au seul matin et tenant à distance les préoccupations du jour. Des coups retentirent à l'entrée. La mère, que les visites surprenaient toujours, posa la cafetière sur la table puis s'en alla ouvrir la porte. Sur le seuil, sœur Anne lui fit l'effet d'un spectre, droite et blême, comme si rien n'habitait plus son corps glacé ; celle-ci s'élança dans ses bras.

– Il la voit…

D'abord prise de court, la mère finit par l'enlacer, découvrit tout ce qui trahissait sa nuit, les grains de sable dans ses cheveux, son manteau humide et gelé, ses sanglots qui lui rappelaient étrangement ceux de sa fille. Au bout du vestibule, Michel Bourdieu apparut, il avait reconnu la voix, même s'il ne reconnaissait pas sœur Anne à cet instant, dépouillée de son voile bleu, oubliant sa pudeur, toute la contenance à laquelle elle avait habitué les regards : à cet instant, plongée dans les bras de sa femme, elle n'était plus une religieuse, n'était pas même une adulte, non, elle était de ces enfants éplorés cherchant la consolation, éprouvant un chagrin dont ils pensaient qu'ils ne reviendraient jamais.

– C'est le garçon… C'est ça ?

Michel Bourdieu approchait, un pressentiment le tenaillait, l'avait suivi tout ce séjour, n'ayant cessé de croître depuis qu'on lui avait annoncé qu'un gamin voyait la Sainte Vierge sur l'île.

La sœur leva ses yeux pleins de larmes vers lui.

– Tout est vrai.

Les sanglots avaient cessé. On entendait seulement un faible écho, imperceptible, comme si l'émotion de sœur Anne n'avait pas tout à fait quitté les lieux. La lumière avait changé, plus insipide, matinée touchant désormais à sa fin. La maison était silencieuse, un calme presque austère, ceux succédant aux disputes, ceux des solitudes.

– Tu me fais une autre tartine ?

Julia prit une bouchée de pain, fit déborder la confiture de fraise sur les côtés, du beurre subsista à la commissure de ses lèvres. Elle mangeait avec appétit, trempant généreusement sa tartine dans son lait, peu incommodée par ce chamboulement matinal. De l'autre côté de la table, Hugo semblait distrait.

– Finis celle-ci, d'abord.

– Oh, tu vas pas faire comme papa. Et puis mange, toi aussi. Ta chicorée doit être froide maintenant.

C'était vrai, Hugo n'avait pas touché à son bol, incapable d'avaler et encore moins de manger quoi que ce soit. Il avait perdu cette aisance que permettait encore l'enfance, l'appétit quels que soient les événements. À l'extérieur, face au portail, la 2CV était repartie, un voile de poussière errait encore au-dessus de la route. « Nous raccompagnons sœur Anne à Roscoff. Vous ne sortez pas, et surtout vous n'ouvrez à personne. » Étrange effervescence que celle qui avait surpris leur maison le matin : cette sœur désespérée qu'il avait fallu consoler, sans vraiment comprendre son chagrin, son corps qu'il avait fallu réchauffer, tremblant comme s'il allait tomber et se briser sur le sol ; on lui avait servi un thé brûlant, recouvert les épaules d'un chandail en laine, et Hugo avait observé cette religieuse qui ne semblait plus vraiment en être une, là, sur leur canapé, le bol entre ses mains, son regard égaré, répétant les mêmes mots, Isaac, il la voit, Isaac, et depuis cet instant, il avait été incapable de manger, incapable de penser à quoi que ce soit d'autre qu'à ce nœud qui lui serrait l'estomac.

La sonnette de l'entrée le fit tressaillir. Face à lui, sa sœur relâcha sa tartine et descendit de sa chaise.

– Papa a dit de ne pas ouvrir ! Julia !

La fillette accourut vers l'entrée, curieuse de qui venait les voir encore, épatée par toutes ces visites inusitées ; elle ouvrit la porte et un large sourire éclaira sa candeur.

– Alors comme ça, c'est toi qui vois la Vierge !

Les trois silhouettes remontaient les dunes. L'île était déserte, traversée par un froid qui saisissait au visage. Le noroît soufflait aujourd'hui, Hugo s'en fit la remarque en silence. Il avait appris à lire les vents, se sentait un peu moins étranger à cette terre maintenant que l'invisible avait un sens. Les herbes s'inclinaient sur son chemin. C'était en cet endroit que s'éloignaient les derniers bruits de la grève, le va-et-vient des vagues, les rires des goélands, tout ce qui rappelait au vivant et au familier; ils s'enfonçaient dans les terres, pénétraient à présent dans un monde de murmures et de frémissements, un monde intimidant d'abord, puis progressivement confortant, comme si l'esprit le reconnaissait, comme s'il retrouvait là tout ce à quoi il appartenait.

À l'avant, Isaac se retourna vers Hugo et sa sœur, leur proposa de descendre dans l'ancienne chapelle. Il n'expliquait toujours pas sa visite impromptue, avait déjà du mal à se l'expliquer lui-même; il était venu frapper chez Hugo, fort d'une audace qui ne lui ressemblait pas, surpris de ne pas pouvoir rester seul dans sa chambre. D'un même pas, ils descendirent la pente, approchèrent des ruines qui s'élevaient du recreux ; dix siècles avaient éprouvé ces pierres, tempêtes, ensablements, incendies, pourtant la structure demeurait là, les arcs, les fenêtres de pignon, les piliers de la nef, l'abside devenue oratoire dédié à sainte Anne. L'île s'était immiscée dans cette église pétrifiée, une pelouse abondante tapissait la nef, des cymbalaires émergeaient des plus fines crevasses, veines d'un corps qui respirait encore, des friches surmontaient le transept nord, abondantes, sorties droit de ces pierres séculaires, enseignant que toute vie peut surgir même du déclin.

– Regarde Julia, c'est saint Pol qui terrasse le dragon.

Près du chœur, Isaac s'arrêta devant des portes rouillées : de l'autre côté, la statue d'un moine s'élevait sur un piédestal en pierre. Celui-ci était vêtu de sa chasuble, portait dans une main son étole, dans l'autre son sceptre sacré ; les teintes de ses habits étaient délavées par l'humidité de cette petite abside où on l'avait enfermé ; son visage était penché, observait calmement le serpent qu'il soumettait à ses pieds, posture de ceux qui ne s'étonnent plus de voir la foi l'emporter sur le mal.

– On dit qu'autrefois, un dragon terrorisait les habitants de l'île…

La légende racontait qu'on avait convoqué saint Pol afin de débarrasser ces terres de la bête : sans épée, sans armée, l'homme de foi avait lié le dragon de son étole et l'avait tiré par le cou jusqu'à la pointe de l'ouest, où il avait précipité la bête au creux des flots, dans un trou qu'on nommait depuis *Toull ar Zarpant*, le Trou du Serpent, recouvert aujourd'hui d'imposants rochers.

– Lors des tempêtes ou des grandes marées, les vagues se fracassent contre la roche dans un bruit assourdissant qui rappelle les rugissements du dragon…

Julia contemplait la statue en entendant les cris de la bête, l'imaginait captive sous les rochers, vivant toujours, attendant le jour où elle serait libérée et pourrait à nouveau imposer sa terreur sur l'île. Le vent s'immisçait sous les arcs, jouait des notes fantômes au creux de la nef ; on semblait presque entendre les voix qui avaient chanté ici, longtemps auparavant, prières et louanges, vibrant dans des langues oubliées. À l'écart, Hugo n'entendait pas ces musiques passées. Il n'écoutait pas non plus ce qui se racontait à quelques pas, indifférent aux légendes de cette île, indifférent à tout ce qui ne concernait pas le présent. Il arpentait ces vestiges, les mains derrière son dos, le même nœud serrant son ventre ; son regard se relevait parfois, scrutant les alentours avec inquiétude : quelque chose pesait sur ces ruines à ciel ouvert, et il redoutait de connaître exactement quoi.

– Tu as demandé un miracle à la Vierge ?

Sa sœur observait Isaac. Elle ne l'avait jusqu'alors croisé que brièvement, au détour de la route, au comptoir du Madenn Café, sans jamais voir ses traits de près, sans jamais côtoyer ce visage dont elle saisissait maintenant tout l'intérêt.

Ce dernier lui sourit avec tendresse.

– Elle ne m'a pas dit qui elle était.

– T'as qu'à lui demander de faire un miracle ! Tu sauras bien si c'est elle comme ça !

Pleine de vitalité, la fillette se hissa sur un pilier, leva ses deux mains vers le ciel.

– Ô très Sainte Vierge, prouve à Isaac que c'est bien toi ! Fais un miracle !

– Julia !

La voix grave gronda au cœur des ruines, et l'enfant eut si peur qu'elle manqua de tomber du pilier : en haut de la dune, son père, qu'elle ne s'attendait pas à voir, son regard sombre, furieux de les trouver là, dehors, alors qu'il le leur avait interdit, de les trouver surtout aux côtés de ce garçon dont il avait déjà le prénom en horreur. Il dévala la pente, vague immense fondant droit sur eux, prête à les engloutir, à terrasser ce qui restait de cette chapelle vétuste ; il souleva sa fille sous un bras, ordonna à son fils de rentrer, puis il se tourna vers Isaac comme si ce dernier fût le diable.

– Ne t'approche plus de ma famille.

Le noroît sifflait dans la nef, ou étaient-ce ses tympans : Michel Bourdieu ne voyait rien d'autre que ces ruines dans lesquelles il venait de descendre, caveau enserré par les dunes, condamné par les siècles. Il quitta ces lieux en courant, sans entendre les pleurs de sa fille, sans se retourner vers ce garçon qui lui causait un effroi inconnu. Tout ressembla à un vertige. Ces dunes qu'il traversa en sens inverse, cette maison qu'il rejoignit, à bout de souffle, lourd d'un poids qui n'était pas le sien ; posant sa fille à terre, il s'élança vers son fils, juste au pied de l'escalier, l'empêchant de gravir une marche de plus.

– Tu m'as menti, Hugo !

Il empoigna son bras, prêt à le casser au moindre faux mouvement, à le projeter de l'autre côté de l'entrée s'il tentait une seule fois de le défier encore.

– Quand je t'ai demandé si tu étais ami avec ce garçon ! Tu m'as menti !

– Je ne le considère pas comme un ami.

Hugo avait répondu sans le regarder, calme et placide, prouvant qu'il s'élevait précisément là où son père échouait. Ce dernier le dévisagea, décontenancé par cette réponse, sans savoir s'il fallait y entendre autre chose, une finesse qui lui échappait, un sentiment trop subtil pour qu'il puisse le saisir.

La main de sa femme se posa fermement sur son épaule.

– Ça suffit, maintenant.

Elle l'observait, pleine d'une sévérité que Michel Bourdieu lui voyait rarement ; sa femme avait cette autorité redoutable dont étaient seuls capables les gens les plus amènes ; dans ses bras, Julia pleurait, n'osant regarder ce père qui l'avait bousculée plus que de raison. Michel Bourdieu relâcha son emprise, une douleur vive crispait ses doigts. On s'éloigna autour de lui ; son fils remontant l'escalier, claquant la porte à l'étage, sa femme s'enfermant dans leur chambre au rez-de-chaussée.

Michel Bourdieu demeura là, au pied de l'escalier, contemplant cette maison où chacun venait de le fuir.

C'était l'heure où le dîner se préparait ; dans la cuisine, une musique simple, sans surprise, le four préchauffant, le pain qu'on découpait en tranches, les légumes frémissant dans la poêle, l'harmonie d'un foyer, tout ce que Michel Bourdieu s'était vanté d'accomplir, et tout ce qu'il n'entendait pas à cet instant. Le soir enténébrait la maison. Dans le salon, il était cette ombre sur le canapé, épaisse, grave, voyant ces lieux que pas une lampe, pas un rire de sa fille n'éclairait. Parfois, un craquement résonnait, et il tendait l'oreille, croyant que sa femme sortait de sa chambre, pensant que son fils lui avait par donné et descendait le rejoindre. Le bruit s'évanouissait et Michel Bourdieu soupirait : tout homme échoue dès lors que son foyer connaît la rupture.

On frappa à l'entrée. Il abandonna ce silence, s'empara de sa veste en cuir ; à l'extérieur, quatre hommes l'attendaient.

– Ah, Michel, vous êtes là… On a vu les lumières éteintes, alors on a cru…

L'un des paroissiens retira sa casquette et avança d'un pas.

– Je vous préviens, il y a foule.

Michel Bourdieu enfila sa veste et se mit en marche sans répondre. Sur la route, ce froid des côtes, un froid qui savait trouver la peau nue, pénétrant jusqu'à l'os, et chaque homme en marchant résistait, remontait le col de son manteau, ne songeait à rien d'autre qu'à cette seule lutte entre le corps et le frisson.

– Là-bas. Sur le promontoire.

En face, juste au-dessus de la grève, cette masse sombre, étreinte par le noroît, fixant dans la nuit celui que Michel Bourdieu ne pouvait pas voir. Il s'arrêta. Il voulait encore croire que ce n'était rien, que cette foule subjuguée se trompait. Celle-ci ne pouvait ignorer que rien n'était plus à redouter que les apparitions mariales, elle devait forcément savoir que la Sainte Vierge, chaque fois qu'elle était descendue sur terre, était venue présager des guerres et des malheurs, qu'elle avait fait contempler les enfers, la mort de peuples, la fin des temps aux voyants démunis et terrifiés par ces révélations. Rien ne menaçait plus l'homme que les visites du Ciel, et Michel Bourdieu semblait être le seul à en avoir conscience.

– Père Erwann ne s'est pas prononcé encore. J'ai toujours dit qu'il était trop jeune, il ne réalise pas l'enjeu…

Michel Bourdieu écoutait à demi-mot ce que le paroissien lui confiait à côté : le garçon mentait, c'était certain, mais la foule s'accroissait et était désormais trop excitable, cela finirait bientôt en émeute, cette supercherie devait cesser le plus rapidement possible.

Impavide, raidi par un froid qu'il ne connaissait pas, Michel Bourdieu fixait la scène au loin.

– Qu'est-ce qui vous dit qu'il ment ?

D'un bond, il s'élança hors de la route. Les cierges scintillaient dans ce coin de la nuit, là-bas, juste au-dessus de la grève, et il s'en approcha, menace dans la pénombre attirée par la lueur, prête à surgir au tout dernier instant. Il plongea dans la foule, provoquant une houle qui saisit par surprise ; des cris, des bousculades, des bougies qui tombèrent, c'était un remous soudain, où chacun perdait pied, manquait d'être noyé par ce changement de courant inattendu ; cette mer humaine s'ouvrit, découvrit le rebord du promontoire, ses lanternes et ses cairns, ses monceaux de fleurs blanches, partout, et enfin l'enfant, juste là, à genoux, indifférent au ressac dans son dos. Michel Bourdieu bondit vers lui, tenta de l'arracher du sol, comme les courants tentaient de déplacer certains rochers ; Isaac semblait lié à la terre, simple granit, impossible à décrocher, et Michel Bourdieu redoubla ses efforts, bouillonnant, découvrant en lui une fureur endormie, il souleva brutalement le corps du sol, ramena l'enfant au monde, et aussitôt une autre lame fondit sur lui, une lame qu'il n'avait pas vue venir, plus imposante, plus écrasante encore, et qui le repoussa avec une telle violence qu'il manqua de tomber du promontoire.

– Ne le touche pas !

C'était ce père qu'on n'attendait plus, présent pour la première fois aujourd'hui, le veuf Alan, debout devant Isaac, protégeant ce fils qui était encore le sien même si cette côte le lui prenait chaque soir. Le tumulte devint silence. Secondes étouffées, où les rafales surgissaient de nulle part, glacées, giflant sans égard la foule sidérée, comme si ce promontoire n'était plus que violence.

– Tu devrais partir, maintenant.

À lui, Michel Bourdieu, on ordonnait de s'en aller : sur cette côte pétrifiée, il était celui qu'on désavouait, comme sa propre famille l'avait désavoué tout à l'heure. Il l'avait pressenti, dès le matin, dès que sœur Anne avait passé leur porte, dès qu'elle avait imposé sa propre chute dans leur maison : jamais personne ne tombe seul.

– Le Ciel descend toujours sur terre pour annoncer un mal.

Michel Bourdieu s'éloigna, sans remords et sans bruit, s'enfonçant dans la nuit jusqu'à se confondre avec elle.

La bise rasa la toiture en ardoise. Dans la chambre, l'ampoule de la lampe vacilla brièvement. Allongé sous la couette, Isaac contemplait la photo sous la lueur tamisée : c'était le portrait d'une femme blonde, sa mère, assise en tailleur sur le sable fin, ses mains posées sur son ventre arrondi ; tout autour, la grève blanche, immaculée, vivifiée par la lumière abondante de l'été.

Des coups légers contre la porte, un grincement, puis son père apparut dans l'embrasure.

– Je te réveille ?

Isaac secoua la tête, et son père passa le seuil d'un pas un peu gauche. Il ne montait jamais à l'étage, par pudeur, par faiblesse sans doute aussi, et il découvrit ces murs ternes et dépouillés, cette table nue pour bureau, ce placard touchant le plafond en mezzanine, chambre rustique, pareille aux cellules des religieux, et encore, ceux-ci pouvaient au moins compter sur la compagnie de la Bible.

– Ton bras… Tu n'as pas mal ?

– Je ne sens rien. C'est comme s'il ne m'avait pas touché.

Isaac se redressa en position assise, étonné de voir son père ici, tout comme il avait été étonné de le voir le soir sur le promontoire. Ces derniers jours, tous les deux s'évitaient, incapables du moindre dialogue. Isaac quittait la maison dès le crépuscule et Alan n'osait pas le retenir, prétendant ne pas l'apercevoir, ne pas entendre la porte d'entrée se refermer encore, dépassé par cet événement dont il ne voyait pas la fin. Il avait compris ce qui se passait, là-bas, ne pouvant désormais sortir sans être abordé, remarquant sur son chemin les regards de biais, les curiosités et les mépris, entendant les rumeurs qui circulaient partout en ville. Ce soir-là, pour la première fois, il avait voulu voir, lui aussi. Il avait découvert la foule sombre et silencieuse, le promontoire devenu chapelle, son fils prosterné face au ciel. Cette scène, étrangement, l'avait moins troublé cette fois-ci : il lui avait trouvé une quiétude qu'il n'avait pas vue jusqu'alors, une évidence qu'il ne pouvait pas définir. Puis la violence avait surgi de la nuit, et ce moment avait soudainement basculé.

Une rafale frappa la vitre, et l'ampoule de la lampe clignota à nouveau. Là, entre les mains de son fils, Alan reconnut le cadre en bois qu'il avait remisé dans un carton, quelques années plus tôt, ce jour où il avait laissé les souvenirs à la poussière du débarras.

– Je ne savais pas que tu avais récupéré cette photo…

Il s'approcha, contempla ce cliché qu'il avait lui-même pris, cet après-midi d'août sur la grève blanche, juste au pied de leur maison : sa femme, tout au long de sa grossesse, n'avait cessé de descendre sur cette grève, elle souhaitait faire écouter à leur fils tout ce qui l'attendait, toutes ces vies au-dehors qu'il côtoierait bientôt ; l'enfant né, elle lui avait appris à marcher sur ce sable pur, à ne pas craindre le goémon qui s'enlaçait autour des chevilles, à repérer les petits crabes pour ne pas être pincé ; elle lui avait enseigné à regarder au loin, à lire chaque chose, les courants des marées, l'arrivée des saisons, les cycles de la lune, la houle et la brume, tout ce parfait qu'il devait saluer et tenter de toujours imiter.

– Ce soir… *elle* m'a dit…

Sur son lit, Isaac marqua un temps, le regard absorbé, comme s'il répétait en silence les mots qu'il s'apprêtait à confier. On n'entendait rien d'autre que les rafales au-dehors, encerclant la maison, prétendant s'évanouir avant de revenir brusquement, plus violentes, frappant les vitres en menaçant de les briser, présence intimidante et majestueuse étouffant tout autre bruit dans cette nuit devenue gouffre.

– Elle m'a dit : « Croire, c'est recevoir. »

Son fils souriait, serein, comme si l'inquiétude l'avait enfin quitté, comme s'il avait trouvé ce que lui-même cherchait encore, la fin de leur tristesse. Cette fois, Alan n'interrogea rien. La vérité paraissait de moindre importance : peu importait de savoir si Isaac disait vrai, s'il entendait une voix ou si c'était la sienne, s'il voyait la Sainte Vierge, une autre femme ou une manifestation de ses rêveries solitaires. L'effet à présent se suffisait à la cause.

Il posa la main sur l'épaule de son fils, un peu maladroitement, ne connaissant plus bien les gestes d'affection, puis il quitta cette chambre en dissimulant son sourire ému.

Des rires d'enfants. Là, au-dehors, tout proches de la maison, des rires qui réveillèrent Julia. Son corps la rappela au sommeil. La tempête avait duré toute la nuit, rugissante, menaçant d'emporter le toit et d'abattre toutes les portes, et Julia n'avait cessé de sursauter, de retenir son souffle, épouvantée par cette présence invisible qui paraissait l'épier derrière la fenêtre.

D'autres rires encore, les enfants chahutaient, s'apostrophaient à quelques mètres de sa maison. Elle ouvrit les paupières. Une chambre qui n'était pas la sienne. Sur les murs, un papier peint à fleurs et de longs rideaux de lin occultant la fenêtre; dans son dos, sa mère allongée, son épaule dépassant de la couette, sa respiration apaisée; elles s'étaient endormies là hier après avoir abandonné son père au pied de l'escalier. Elle glissa hors du lit et tira le rideau sans bruit : un ballon qui rebondit, des enfants qui surgirent entre les dunes, courant après cette balle en mousse qui dévalait la pente; le ciel était lavé de tout nuage. Sur la pointe des pieds, Julia contourna le lit, s'éclipsa de la chambre sans réveiller sa mère.

Au-dehors, les chahuts s'éloignèrent. La matinée progressa, et un faisceau de lumière s'invita par la fenêtre, s'allongeant du sol jusqu'au lit, puis remontant le long de la couette, jusqu'à toucher la joue de celle qui dormait toujours ; cette douce chaleur sur son visage finit par réveiller la mère. Elle remarqua l'absence de sa fille, le rideau tiré à moitié, la porte laissée entrouverte. Enfilant sa robe de chambre, elle sortit dans le couloir, alla jeter un œil dans la cuisine. Elle monta à l'étage, vérifia la chambre de Julia, la salle de bains, redescendit les escaliers, arriva dans le salon : sur le canapé, son époux était allongé sur le côté, les bras croisés, les genoux pliés, encastré tant bien que mal entre les accoudoirs de cette couchette trop étroite pour sa carrure.

– Michel !

Michel Bourdieu sursauta et manqua de tomber sur le tapis ; le corps fourbu, l'air égaré, il aperçut son épouse à l'entrée du salon.

– Je ne trouve pas Julia.

Au-dehors, le retour de l'azur, éclatant, semblable aux matins de printemps. Les deux parents passèrent le portail et dévalèrent la route de terre, appelant à tour de rôle leur fille. Les cris d'enfants ne tardèrent pas à leur répondre : en contrebas, le long de la grève, des gamins chahutaient entre des buttes de goémon ; partout amoncelées, des algues rouges et brunes ramenées sur le rivage par la tempête, formant des monticules sur ce sable qui n'était plus si blanc. Ils aperçurent Julia courant parmi les autres, s'épanouissant dans cet espace qu'ignoraient les enfants des villes ; elle plongeait à pieds joints dans ces tas visqueux, esquivait le ballon en mousse, jeu de la balle au prisonnier qui s'improvisait entre les tranchées de varech.

Le ballon s'échappa et Julia le rattrapa, prête à le lancer à son tour sur l'équipe adverse.

– Julia !

La voix de sa mère la fit tressaillir et elle relâcha la balle qui roula jusqu'à l'eau ; celle-ci apparut face à elle, s'interposant entre son insouciance et la réalité, empoignant ses épaules.

– Tu sais bien que tu ne peux pas courir !

Sa mère guetta le sifflement, celui qui précédait toutes les crises d'asthme, elle remarqua le visage de sa fille, exalté, avivé de couleurs dont cette dernière n'avait pas l'habitude. Aux alentours, les autres enfants cessèrent de jouer, troublés par cette gravité soudaine, comme s'ils venaient d'être pris en faute, comme si le monde adulte ne pouvait intervenir dans l'enfance sans la briser.

– Écoute, maman.

Sa fille saisit sa main et la posa sur sa poitrine : calmement, elle prit une inspiration.

– Je ne siffle pas.

À nouveau, Julia inspira, longuement, gardant contre elle la paume qui ne bougeait pas ; sa mère écouta, attentive, chercha dans cette poitrine ce qu'elle avait l'habitude d'y entendre, ce qui devait logiquement avoir lieu maintenant, car elle avait bien vu sa fille courir sur la grève, elle l'avait vue longer les vagues, éviter le ballon et le lancer à son tour, jouer entre les monceaux de varech, les joues vives, les yeux humides, essoufflée par un effort qui ne semblait pas plus l'affecter que les autres ; elle leva son regard vers elle, confuse, incapable de comprendre ce que Julia avait pressenti dès qu'elle avait quitté leur lit ce matin.

– La Sainte Vierge m'a guérie, maman.

III

UN MIRACLE

Le brouhaha de la salle à manger. Dans le restaurant, plus une seule table de libre : on déjeunait coude à coude, certains debout derrière le comptoir, d'autres assis sur des chaises pliantes rapportées de l'arrière-salle ; d'une table à l'autre, on élevait la voix, on hélait l'autre, charivari inhabituel, bouillonnant, porté par le seul sujet de conversation qui agitait l'île depuis le matin.

– La gamine des Bourdieu n'a plus d'asthme.

– C'est la Sainte Vierge, j'en suis sûre !

– Qu'est-ce qui nous dit que c'est vrai, d'abord ?

– Le médecin est venu hier soir, il ne comprend pas non plus.

– Et Estelle Faguette ? Elle avait bien une maladie incurable, et la Sainte Vierge l'a guérie !

– Oui, au siècle dernier !

Entre les tables bondées, Madenn, déposant les plats, débarrassant les pichets vides. Sa mine était soucieuse. Elle n'avait rien de sa légèreté coutumière, ne montrait rien de la sympathie dont elle avait pourtant l'habitude.

Cette salle comble n'était pas de celles qu'elle connaissait, ces déjeuners débordant d'une bonne humeur chaleureuse comme elle les appréciait normalement : à cet instant, c'était un raffut méconnu, instable, ces raffuts de la dernière heure des bistrots, quand les corps étaient pleins d'alcool et que la violence bouillonnait, prête à surgir au mot de trop, tout comme ces tables bruyantes semblaient ici capables de basculer à tout moment.

– Moi, j'ai de l'arthrose, qu'elle me guérisse aussi.

– Et moi alors ? J'ai un cancer !

– Au bout de dix ans, c'est plus un cancer que t'as, c'est une lubie.

– *Genaoueg !*

Des éclats de rire, crispants, assourdissants, ou bien Madenn ne les supportait-elle plus. Elle poussa la porte du restaurant, inspira profondément l'air frais et sain. En terrasse, du monde toujours, déjeunant sur les bancs, les gens serrés les uns contre les autres. Elle vint débarrasser les assiettes vides, prit les nouvelles commandes, du pain, des quiches, du chouchen. Son attention était distraite : elle se retournait, vérifiait avec inquiétude la route à quelques mètres. Depuis plusieurs nuits, elle était réveillée par un même bruit à l'extérieur, un bruit sourd, celui d'un corps tombant au sol, un corps frappé par des coups, et juste à côté un souffle rauque, celui d'une bête, énorme, ahanant, l'emplissant d'épouvante ; chaque fois, elle regardait par la fenêtre de sa chambre, descendait à tâtons dans la salle vide, ne voyant rien d'autre au-dehors que la route endormie. Ce matin, en revenant du marché, elle avait eu peur pour la première fois, pressentant que quelque chose attendait, dans les friches, au détour du sentier, et elle avait fini sa route en courant, comprenant que rien sur cette île n'était plus sûr.

– Dis, il y a des frites, aujourd'hui ?

En retrait, assis à sa place habituelle, Goulven mangeait un sandwich à deux mains. Il semblait peu incommodé par cette foule agitée, plus occupé par son repas que par cette guérison miraculeuse.

Madenn passa devant lui, assiettes en main.

– Tu vois bien qu'il y a du monde. Plats froids, c'est tout.

– J'ai envie de frites tout de même.

Madenn fit volte-face, planta brusquement les assiettes sur la table de Goulven.

– Ben cuisine toi-même alors ! *Gast !*

Elle passa la porte du restaurant et plongea dans la salle étouffante et humide, ses fenêtres recouvertes de buée, exhalant cette odeur aigre et piquante de cidre, toujours plus bruyante, les verres se renversant, les couverts tombant, fourchettes, couteaux tintant au sol, les poings frappant sur les tables.

– Il faut que la Vierge fasse un miracle maintenant. Un vrai, quoi !

– Oui, un truc qu'on puisse tous voir.

– Madenn, tiens !

Un client l'attrapa par la manche, l'attira dans cette masse grouillante et échauffée comme dans le piège d'un filet.

– Toi qui connais le gosse… Dis-lui de demander un miracle !

– Youenn a raison. Ça va bien de le regarder, maintenant.

– Bah oui, il reste planté sur place, sans dire ce qu'il voit, et nous on est là, comme des quilles !

Une meute, aboyant entre les tables, parlant du sacré alors qu'elle avait perdu toute humanité. Dieu leur serait apparu à cet instant qu'ils auraient voulu en voir plus, oui, plus de preuves, plus de concret, rien n'était jamais suffisant pour les hommes depuis Abraham. Madenn prit une inspiration. Le rose avait quitté ses joues. La sueur collait sa frange à son front. Elle s'appuya d'une main au dos d'une chaise.

– Partez.

Entre les tables, un même murmure d'abord, puis des gloussements, incrédules, amusés. Madenn tira brusquement la chaise en arrière, faisant tomber du siège le client malheureux. Chacun dans la salle se tut soudain, interloqué par ce geste, surpris surtout par cette poigne insoupçonnée.

– Vous sortez ! Tous !

Elle empoigna une nappe en papier et pareil, tira d'un coup, entraînant vers le sol toute la vaisselle, fracas terrible ; derechef, une autre table, la nappe, coup sec, assiettes brisées, éclats de verre, partout : tout autour, on se leva, abasourdi, on récupéra les manteaux, les écharpes, on poussa la porte du restaurant en prévenant les autres que Madenn était devenue complètement folle ; en quelques minutes, les lieux furent désertés. Ce calme étrange, presque ironique, comme après ces tempêtes qui avaient arraché des arbres, retourné les bateaux du port, puis s'en étaient allées, laissant le silence revenir, comme si rien ne s'était passé, comme si aucun ravage n'était à déplorer. Le restaurant vide, désormais déchèterie, partout sur le sol des morceaux de faïence, des chaises renversées, des bouts de quiche, de fromage, des croûtons de pain, des bières se vidant de leur mousse jaune.

S'assurant que plus personne n'était sur place, Madenn ferma à double tour et descendit la route.

Au pied de la maison d'Alan, un rassemblement de fidèles, congrégation improvisée et incongrue, priant, chantant, récitant le chapelet, humbles et déférents devant cette maison délabrée où vivait le voyant. Dévalant la route, Madenn fit de grands gestes.

– C'est une propriété privée ! Du balai !

Effet de surprise et d'autorité, et là encore l'attroupement se dispersa, bon gré mal gré, s'arrêtant quelques mètres plus loin pour reprendre ses prières. Madenn monta le perron, frappa plusieurs coups à l'entrée.

– Alan ! C'est Madenn !

La porte s'entrouvrit, la laissant pénétrer à l'intérieur. La maison ignorait le jour : partout, du couloir au salon, la seule pénombre. Les volets n'avaient plus été ouverts depuis que des curieux étaient venus derrière les fenêtres, collant leur front au carreau, cherchant à apercevoir Isaac dans son habitat naturel. La maison d'Alan, modeste, jusqu'ici étrangère au monde, devenue soudainement lieu de culte et de toutes les curiosités.

Dans le couloir, Alan marchait d'un pas tranquille. Il semblait résolu à cette pénombre, trouvant presque une certaine qualité à ce foyer changé en fortin. Dans la cuisine, la lueur blafarde de l'ampoule pendue au plafond par deux fils, exposant toutes les imperfections de la pièce, la fêlure d'un carreau, la peinture écaillée, les marques de café sur le bois de la petite table ; face aux volets clos, la fenêtre était entrouverte, aérant tant bien que mal la cuisine d'une odeur de tabac.

Alan ouvrit le placard et saisit une tasse.

– Qu'est-ce qui t'amène à cette heure ?

Madenn se laissa choir sur une chaise. Ses oreilles bourdonnaient. Le fracas de la vaisselle, écho lancinant, strident, qu'il lui semblait encore entendre. Elle s'accouda à la table, passa sa main sur son front en sueur.

– Isaac... il ne faut plus qu'il aille là-bas.

Alan lui servit un café chaud puis alla s'asseoir près de la fenêtre. Sur le cendrier, sa cigarette se consumait dans un filet de fumée, il la saisit et écarta un peu plus les battants. Sa barbe poivre et sel recouvrait sa mâchoire, allure grisonnante qui apaisait son regard, lui conférait une profondeur qu'il semblait seulement avoir rencontrée.

– Tu étais pourtant la première à l'encourager.

– La foule change… C'est plus comme au début… Et puis…

Madenn songea à ce bruit qui la réveillait depuis plusieurs nuits, ce bruit d'un corps qu'on rouait de coups, et ce souffle rauque, féroce, celui d'une bête qui s'acharne sur sa proie : c'était un intersigne, elle en était persuadée, la mort qui venait s'annoncer, un intersigne comme sa mère en avait eu, comme son grand-père, son arrière-tante, toutes ces générations de Bretons qui savaient entendre la mort avant que celle-ci ne survienne : ces épouses de marins qui avaient vu leurs maris marcher dans la pièce alors que la mer les emportait au même instant ; la charrette de l'Ankou qu'on entendait passer près des maisons, et le lendemain l'aïeule décédée dans son lit ; des mains osseuses apparaissant aux portes, des têtes coupées dans le coin d'une chambre, des bateaux invisibles passant sur l'eau la nuit, des gouttes de sang tombant du plafond ; la mort toujours, tant de fois apparue aux gens de ce pays pieux et mystique que ces derniers ne pouvaient plus nier ces présages.

Madenn posa ses deux mains sur la nappe, ses mains qui tremblaient un peu, son cœur qui battait toujours fort.

– Tu dois dire à Isaac de ne plus sortir. Je m'occuperai des gens. Je leur annoncerai que c'est fini, qu'il n'y a plus rien à voir. Les choses seront à nouveau comme avant…

– Parce que tu voudrais que ça recommence comme avant ?

À l'extérieur, juste derrière les volets, des bruits de pas dans l'herbe, on rôdait près de la maison. Machinalement, ayant pris l'habitude de ces présences autour de chez lui, Alan rabattit les battants des fenêtres. Il semblait avoir étrangement accepté cette nouvelle existence, ces prières au pas de sa porte, sa maison cadenassée, séparée du jour, son fils réclamé par une foule d'étrangers, messie, voyant, prophète, tout ce qu'Alan entendait dire et dont il se moquait, ne voyant plus qu'une seule chose désormais, et qui lui faisait tolérer tout le reste.

Il écrasa sa cigarette dans le cendrier.

– Tu ne vois pas que pour la première fois… depuis dix ans… Isaac n'est plus triste ?

Cette phrase pareille à une lame en plein cœur. Penser que Madenn ne pouvait pas voir une chose si évidente, elle qui nourrissait son fils chaque jour, qui devinait ses douleurs en un simple coup d'œil, connaissait jusqu'à sa façon de respirer.

Elle bondit de sa chaise, les lèvres tremblantes, ses grands yeux bleus retenant des larmes.

– Bien sûr, que je le vois ! Pour qui tu me prends ?

– Alors quoi ? Pourquoi tu veux le lui enlever maintenant ?

– Ce n'est plus sûr dehors !

– C'est toi-même qui l'as poussé là-bas !

– Ne vous disputez pas.

Sur le seuil de la cuisine, Isaac, changé, son visage plus différent chaque jour. Madenn s'élança vers lui, l'implora, le supplia de ne pas y retourner, d'être raisonnable à présent, l'île n'était plus la même, un danger s'annonçait, elle le pressentait, elle n'en dormait plus la nuit.

Tendrement, Isaac prit ses mains entre les siennes.

– C'est bientôt fini, de toute façon.

Le garçon s'éloigna dans la pénombre du couloir, s'en allant achever ce qui avait commencé malgré lui.

Dans la maison voisine, d'autres objurgations : c'était Michel Bourdieu, au pied de l'escalier, croisant ses bras, posant ses poings sur ses hanches, ne sachant quoi faire de ses mains, décontenancé par cette situation qui allait contre sa volonté.

– Pour la dernière fois, je ne veux pas que tu emmènes Julia là-bas. Il y a trop de monde, ça va lui faire peur… Tu m'écoutes à la fin ?

Dans la lueur tamisée du vestibule, indifférente à son agitation, sa femme, ajustant le bonnet de leur fille. Depuis qu'ils avaient surpris Julia sur la grève, depuis que le médecin n'avait plus entendu son souffle au cœur, le couple ne savait plus se comprendre. C'était un événement trop bouleversant, trop subit, et si son épouse l'avait pleinement accepté, Michel Bourdieu le niait encore : il fallait faire preuve de réserve, attendre les examens approfondis, opposer les avis de spécialistes, voilà ce qu'il arguait avec fermeté depuis la veille, et ce que ne comprenait décidément pas sa femme ; elle regardait Julia et voyait ses joues avivées, son regard pétillant, piqué de nouvelles curiosités, comme si sa fille venait d'émerger d'une longue convalescence, comme si une autre enfance lui était donnée à vivre ; non, ce n'était plus la même fillette déjà, cette enfant jusqu'ici fragile, chétive, prisonnière de ce corps qui l'étouffait, et cette seule évidence suffisait à cette mère : la certitude n'avait que faire des prudences.

– Papa, il faut bien aller dire merci à la Sainte Vierge.

Sa fille, candide, lumineuse, se forçant à sourire pour le rassurer, un sourire un peu triste, désolée de cette dissension dont elle était la cause.

Michel Bourdieu s'accroupit face à elle, soudain tendre et amène.

– Ma puce, ce n'est pas parce que maman croit que tu vas mieux…

– Je ne crois pas, Michel. Je *vois*.

– Mais bon sang ! Écoute-toi ! Comment tu peux affirmer qu'elle est guérie !

Michel Bourdieu avait bondi, colère brusque qui le surprit lui-même, la fureur pour faire taire les larmes, car c'était bien ce qu'il ressentait à cet instant, des larmes plein la gorge et plein les yeux ; c'étaient sa femme et sa fille qui partaient de la maison, s'en allaient retrouver ce lieu maudit, n'entendant pas ses mises en garde, n'entendant pas sa douleur ; c'était son foyer brisé, déstabilisé, ce foyer où ils ne se retrouvaient désormais que pour se séparer.

Sa femme l'observa avec un mélange d'incompréhension et de pitié.

– Où est ta foi, Michel… ?

La porte d'entrée se referma, les pas s'éloignèrent au-dehors. Dans la maison, l'obscurité était revenue, déjà, ces derniers jours étaient une nuit interminable. Michel Bourdieu traversa le salon, rompu, s'affaissa sur le canapé. Sur le seuil, Hugo demeurait silencieux. La pénombre semblait se refermer sur son père, écrasante, changeant l'homme en l'un de ces spectres condamnés à des lieux d'où ils ne pouvaient plus partir.

Il vint s'asseoir sur le fauteuil, sans bruit, juste à côté de son père qui finit par le remarquer.

– Tu peux les rejoindre, si tu veux.

– Je préfère rester là.

Dans l'ombre, cet autre fils, moins aimé que l'aîné, surtout mal estimé, car c'est bien lui qui restait là ce soir, près de lui, dans cette maison à moitié vide. Michel Bourdieu le regarda, sans savoir le remercier, songeant seulement que là où le Seigneur éprouvait, le Seigneur aussi concédait une gratitude.

La Vierge avait annoncé une dernière apparition. À Roscoff, dans le café du vieux port, l'effervescence précédait l'aube. La rumeur avait réveillé la ville, voisins frappant aux portes, sonneries stridentes des téléphones, et tous se pressaient au café, seul lieu déjà ouvert tandis que le jour perçait, formant des fissures ocre dans le plafond anthracite. « Il faut vivre de foi. Je promets un miracle visible de tous. » C'étaient les mots rapportés par le voyant, plusieurs témoins l'assuraient. Le miracle était prévu le lendemain, sur l'île toujours, mais cette fois-ci à midi, et dans les ruines de la chapelle Sainte-Anne. Le moment était venu, ils allaient *voir*, enfin, comme d'autres avant eux avaient vu, témoins heureux d'une manifestation divine : en 1947, lors des apparitions mariales de L'Île-Bouchard, un faisceau de lumière, sublime, traversant le vitrail et illuminant le chœur de l'église devant une foule émue ; en 1917, à Fátima, plus de cinquante mille personnes témoins d'un soleil transformé, diapré, puis fonçant vers la terre, menaçant et grandiose; en 1948, à Lipa, aux Philippines, des pluies de pétales de rose près du carmel où la Sainte Vierge apparaissait; partout ailleurs, des guérisons miraculeuses, des parfums d'encens, des auréoles de lumière, des statues de la Vierge prenant vie, bougeant les yeux, pleurant des larmes; et désormais sur l'île, une nouvelle date dans l'Histoire, plus personne ce matin-là n'en doutait.

Sœur Anne était la dernière à l'ignorer. Face à son lit, elle pliait un pull en laine. Ses volets étaient entrouverts, laissant entrer dans sa chambre un peu de la lumière tamisée du matin. Elle ne les avait pas ouverts depuis que les Bourdieu l'avaient raccompagnée ici; elle n'avait pas quitté sa chambre non plus, prétextant une migraine lorsque sœur Delphine venait la voir. Elle était restée là, entre ces quatre murs, ne cherchant plus à voir la mer, indifférente à ce pays où elle se sentait profondément étrangère. Elle rangea le pull dans sa valise ouverte. Son visage avait regagné en quiétude, ses gestes en confiance, malgré cette douleur dans son corps, chaque fois qu'elle pliait un vêtement, chaque fois qu'à l'extérieur les vagues se brisaient contre les remparts. Dans la valise, son crucifix et sa Bible, des pulls chauds qu'elle avait rassemblés pour l'hiver des côtes. Elle avait annoncé à la mère supérieure qu'elle renonçait à sa mission provinciale. Il lui avait fallu user de subterfuges, convaincre sans donner la vraie raison de sa décision, elle ne pouvait pas expliquer qu'elle était venue ici en pensant voir la Vierge, convaincue qu'elle serait de ces bienheureuses, comme Catherine Labouré, comme Bernadette Soubirous ; elle avait été naïve, et certainement orgueilleuse, et c'est pour cette raison que le Ciel s'était penché sur un autre, dont le cœur était simple et le corps était pur ; elle s'était donnée en spectacle à des étrangers, était allée contre le bon sens et la pudeur, et à présent elle voulait s'en aller, retrouver les murs du couvent, la lumière blafarde de Paris, son ciel bas, sans jamais une percée ; recommencer ses jours familiers, les laudes, les vêpres, les complies, former les novices, accompagner les visiteurs de la chapelle ; oui, sœur Anne ne désirait rien d'autre désormais que cette existence tranquille, cette existence saine surtout, car celle-ci était sans aspiration, et sans espérance. Elle avait fini par comprendre qu'on pèche seulement par attente.

Des coups à la porte : sœur Delphine apparut, découvrant la chambre dépouillée, le placard vidé de toute affaire, la petite valise bientôt prête. Elle n'interrogea pas la raison de ce départ. Elle demeura sur le seuil, un peu pâle, les mains tremblantes aussi, et sœur Anne finit par le remarquer. Elle délaissa son rangement et vint poser sa main sur son épaule, naturellement, comme elle le faisait d'habitude, comme elle savait lier les autres à elle.

– Ne vous inquiétez pas, sœur Agnès arrive dans deux jours. Elle est jeune et volontaire, elle se plaira beaucoup ici…

– La petite Bourdieu est guérie.

Cette sœur âgée, émaciée, son visage strié de rides, encore troublée par cette nouvelle qu'elle avait entendue sur le parvis de l'église, comme si rien de pareil ne lui avait été donné à connaître de toute sa longue existence.

– Le médecin est venu l'ausculter. Son asthme a disparu. C'est un miracle.

Ses mains noueuses empoignèrent les bras de sœur Anne, l'émotion l'étreignant tout entière, quand bien même sœur Delphine avait lutté, avait résisté à cette fièvre qui touchait toute la ville, mais elle y succombait à son tour, admettait finalement ce qu'elle n'osait pas croire, une preuve, enfin, après soixante ans de prières et de services.

– Et demain… à midi… *Elle* nous apparaîtra à tous !

Elle fit volte-face et quitta les lieux en claquant la porte d'entrée, un tremblement parcourut les murs. Immobile, sœur Anne répéta à voix basse ce qu'elle venait d'entendre, prudente, s'assurant qu'elle ne changeait pas le sens de ce qu'on venait de lui confier encore : la petite Bourdieu, guérie de son asthme, le médecin l'avait auscultée, c'était un miracle. L'église sonna dix heures. Le timbre de la cloche, grave, frappant sœur Anne au cœur, dix fois de suite, avant de s'évanouir dans un écho. Elle se retourna : sur la table de chevet, la statuette de la Vierge, elle ne l'avait toujours pas emballée, attendait le dernier moment pour la ranger au-dessus des autres affaires. Là, gravé dans le bronze, elle ne vit rien d'autre que le sourire du visage, ce sourire qui n'avait soudainement plus rien de tendre, plus rien de gracieux : c'était un sourire ironique, moqueur, oui, cette statuette se riait d'elle, épatée par tant de naïveté, méprisant cette religieuse à laquelle elle n'avait jamais répondu. D'une main, sœur Anne s'en empara, quitta l'appartement à son tour ; dehors, un crachin dense, presque tiède, résille perlée qui tombait sans un bruit ; sœur Anne traversa la route, marchant droit vers les remparts, droit vers cette frontière avec la mer, là où tout devait finir : l'étendue de son geste, cette statuette miraculeuse qu'elle jeta dans les vagues, soudain vulgaire figure de bronze ; celle-ci coula, noyée dans les eaux troubles et vertes, rejoignant les rochers engloutis ; et au loin, à l'horizon, traversée par la brume, cette côte mauve, fantomatique, l'île voisine où sœur Anne s'était promis de ne plus retourner.

La sonnette de l'entrée. Julia posa la bande dessinée sur ses genoux. Sur le canapé, Hugo s'était assoupi, un livre sur la poitrine, *La Réalité cachée*, ou les possibles univers parallèles dont il rêvait sans doute à cet instant. La maison était calme. Cette quiétude particulière, dès que les parents s'absentaient, dès que l'espace et le temps des enfants étaient ininterrompus. La sonnette à nouveau. Son frère ne se réveillait pas. Julia referma son *Gaston Lagaffe* et quitta le salon.

Elle regretta sur l'instant d'avoir ouvert la porte. Ses parents lui avaient pourtant dit, et pas qu'une fois, de ne jamais ouvrir à quiconque en leur absence ; elle aurait pu réveiller son frère aussi, l'avertir que quelqu'un sonnait à l'entrée, mais Julia était venue seule, en dépit des recommandations, avait ouvert la porte et ressenti la peur : sur le seuil, c'était sœur Anne, du moins en apparence, son habit bleu, son voile coiffant sa tête, la médaille miraculeuse autour de son cou ; il y avait pourtant quelque chose que Julia ne reconnaissait pas, peut-être ce sourire étrange, gauchissant le visage, ses yeux d'un autre vert, térébrants, pareils aux serpents, ou bien c'était cette silhouette crispée, nerveuse, prête à bondir sur elle, car tout en sœur Anne semblait la menacer, oui, Julia le ressentait, si vivement qu'elle fut incapable de bouger.

– Tes parents ne sont pas là ?

– … Ils sont au centre… pour une course…

Elle aurait dû mentir, répondre que ses parents étaient présents, bien sûr, mais la 2CV n'était pas devant le portail, sœur Anne avait déjà compris que Julia était seule dans cette maison. Elle s'accroupit face à elle, prit ses petites mains entre les siennes, les caressant et les pressant à la fois, ajoutant au malaise de l'enfant.

– Tu veux aller faire une promenade, dis ? Juste toi et moi ?

La fillette jeta un coup d'œil derrière elle, espérant voir son frère apparaître, là, au bout du vestibule, mais il dormait toujours, Julia était seule à cet instant, ses mains prisonnières de cette femme qui insistait, doucereuse, sournoise, parvenant finalement à l'entraîner hors de cette maison que la fillette n'aurait jamais dû quitter.

Le ciel crachant sa pluie fine. La côte délavée de couleurs, sa grève incolore, ses cyprès noirs, calcinés, ses terres brunes et tachetées. Partout, le gris, la brume, la bruine, tout semblant mourir. L'enfant n'avait plus le choix : sa main enchaînée à sœur Anne, tirée en avant le long de l'escarpement étroit, remontant vers la pointe, plus vite, plus vite encore ; elle s'essoufflait, dérapant sur la sente humide, trébuchant sur des branches, incapable de crier, comme dans ses cauchemars éveillés où tout en elle voulait hurler sans y parvenir.

Les frondaisons se raréfièrent, le chemin s'élargit : elles sillonnaient désormais les hauteurs, longeant cet abîme immense, vertigineux, la mer embrassant le ciel, monde grisonnant et sans lisières.

Elles couraient, sœur Anne devant toujours, ne lâchant pas la main de l'enfant, traversant le crachin sans voir autre chose. Ce ciel qu'elle venait défier, cette enfant à qui elle voulait donner tort, c'était une fièvre, inconnue jusqu'ici, irrésistible, irrépressible, une fièvre que sœur Anne devinait seulement, le mal, elle aussi alors, elle en était capable.

– Non !

Un cri d'épouvante, déchirant, qui pétrifia sœur Anne : à quelques pas, en contrebas, les rochers, stèles immenses, tout ici n'était que cimetière, les hommes perdus en mer, les corps échoués sur le rivage, et ces sournois rochers, malheurs des bateaux, visibles au tout dernier instant, ultime souvenir avant la mort.

Dans sa main, un mouvement, l'enfant qui déliait ses doigts, profitant de leurs peaux mouillées, rompant leur emprise. Sœur Anne se retourna, aperçut toute sa faute. Elle n'avait pas voulu. C'était la peine qui l'avait menée là, un délire, elle n'avait jamais de sa vie blessé quiconque. Elle voyait ce visage candide, tordu par la douleur, peinant à reprendre son souffle, sifflant à chaque respiration, ce sifflement qu'on avait cru parti.

Elle porta ses mains à sa bouche, horrifiée, et l'enfant se retourna, courut retrouver sa maison sous la bruine.

Le Velux était entrouvert, un filet d'air humide et salé venait jusqu'à lui. Allongé sous sa couette, la photo de sa mère sur sa poitrine, Isaac humait la grève. Il fermait parfois les paupières, sans trouver le sommeil. Le temps, si long dès que la nuit tombait, dès qu'il fallait attendre. « Il faut vivre de foi. Je promets un miracle visible de tous. Tu ne me verras plus ensuite. » Cette visite serait la dernière ; merveille de ces derniers jours, de tout ce qu'il avait pu connaître jusqu'ici. Il n'y aurait plus d'absence désormais : partout, à chaque instant, même face au vide, même dans le silence, cette certitude. Il n'y avait pas de solitude non plus ; il aurait pu le découvrir bien plus tard, ou même ne jamais l'apprendre, il avait eu cette chance.

Au bout de la route, chez les Bourdieu, la voiture démarra dans la nuit. Isaac l'écouta dévaler la route de terre et remonter la côte à toute allure. L'écho s'éloigna. Il songea à Hugo, se demandant si celui-ci serait présent demain, entre ces ruines où ils avaient été séparés quelques jours plus tôt. Il pensa à son visage tendre, à son amitié qui était sans attente. Il n'avait pas réalisé jusqu'à présent que lui aussi l'appréciait de la même façon.

Les premières lueurs de l'aube dissipèrent la pénombre dans cette chambre vide, et c'était comme si la fin commençait déjà à cet instant.

Ce matin-là, l'île ressemblait presque au dernier dimanche de juillet : sur cette même route, chaque été, c'était un cortège fringant de pèlerins, d'îliens et d'enfants, de femmes en coiffe de dentelle blanche, arborant la robe traditionnelle, les hommes avec leur capeline noire, un gilet brodé par-dessus leur chemise en lin blanc, tous marchant vers la chapelle en ruine, là-bas, à l'est de l'île. C'était le pardon à sainte Anne, pèlerinage comme la Bretagne en comptait des milliers d'autres dès le retour des beaux jours ; la lumière abondante de l'été, les bombardes et les binious, entêtants, galvanisants, les bannières des saints qu'on brandissait, la statue de sainte Anne hissée au-dessus de la foule, cette atmosphère pieuse et festive se poursuivant jusqu'au cœur de l'ancienne chapelle où le prêtre officiait le pardon, exhumant entre ces pierres délabrées toutes les vibrations d'autrefois.

Oui, c'était presque le pardon de juillet, cette foule qui descendait la route, cette ancienne chapelle déjà comble ; on n'entendait cependant ni cornemuse ni air de bombarde, on ne voyait pas de bannière de saint, aucun habit traditionnel, pas même une petite broderie blanche, un discret chapeau noir ; non, c'était un cortège de manteaux d'hiver, silencieux, bravant le vent d'ouest, traversant cette île encore grise de la veille ; au cœur de l'ancienne chapelle, ni louanges ni chants bretons non plus, mais des messes basses, anxieuses, chacun voyant l'heure qui tournait et Isaac qui ne venait pas.

– Mais où est-il à la fin ?

– Il se fait désirer maintenant…

– Il a menti, je vous l'avais dit !

– Chut !

– Calmez-vous. Il n'est pas encore midi.

– On a tout gobé, on n'a que ce qu'on mérite…

Au loin, la maison d'Alan, sa façade dégradée, ses volets toujours clos : on imaginait l'adolescent caché derrière l'un des battants en bois, observant par un interstice cette foule idiote amassée entre ces ruines romanes simplement car il le leur avait dit. Dans la chapelle, aux abords, des chuchotements, chacun à l'affût du moindre bruit, du moindre changement de lumière, même si on ne semblait déjà plus sûr de ce qu'on attendait. Les montres indiquaient midi et rien ne se passait toujours, pas une percée dans le ciel, aucun halo de lumière. Seul, le vide. Le froid qui pénétrait les corps. Cet enfant qui ne se montrait pas. Le vent d'ouest, sifflant, s'invitant sous les arcs, entre les fenêtres des pignons, moquant la foule entre ces vestiges austères. Soudain, un vrombissement : en haut de la côte, la 2CV dévalait rapidement la route. On ne l'attendait plus ; à vrai dire, depuis l'incident sur le promontoire, on avait même cessé de songer à Michel Bourdieu, la promesse d'un miracle avait fait oublier toute autre chose, et ce dernier s'était fait discret, évitant l'église, demeurant à l'écart de cette foule qui l'avait condamné à tort. On se précipita vers sa voiture, le contraignant à s'arrêter en travers de la route.

– Michel, il est midi passé…

– Et comme par hasard, Isaac n'est pas là !

– Il s'est moqué de nous… depuis le début…

La foule, comme les marées, fluctuante, oubliant qu'elle avait honni cet homme quelques jours plus tôt, désormais appuyée à la fenêtre de sa voiture ; à l'intérieur, Michel Bourdieu, et à côté son fils, tous deux la mine grave, épuisés par la nuit qu'ils venaient de passer. La traversée avec les pompiers. La route jusqu'à Morlaix. Les couloirs des urgences.

Autour de la voiture, personne ne semblait remarquer la fatigue des deux hommes.

– On devrait aller frapper chez Alan, non ?

– C'est parce que le gosse n'est pas là que le miracle n'a pas encore eu lieu…

Un miracle. Michel Bourdieu avait oublié ce qui avait été promis sur cette île. Un frisson parcourut sa nuque, la mort le caressant d'une main. Sa fille, la sonde à oxygène, ses paupières closes sur le lit d'hôpital. Cela avait commencé par une fièvre la veille; Julia n'avait d'abord rien dit, était montée se coucher tôt; la soirée progressant, son front s'était fait plus brûlant, son souffle plus rauque, et elle n'avait pas pu parler, dire à ses parents que sœur Anne l'avait fait courir, là-haut sur la pointe; au milieu de la nuit, l'enfant avait perdu connaissance.

Michel Bourdieu serra les doigts autour du volant.

– Ma fille est aux urgences depuis cette nuit. Elle n'a jamais été guérie. Vous pouvez toujours l'attendre, votre miracle…

Il démarra en trombe et remonta chez lui, laissant sur place ceux qui étaient venus le trouver. La nouvelle atteignit l'ancienne chapelle presque aussitôt. Le choc d'abord, car chacun en était persuadé, la petite Bourdieu était guérie, son asthme avait disparu, le médecin avait été formel; puis, progressivement, le grondement, écho des entrailles, viscéral, comme quand la terre commence à céder, comme quand la vague se dresse droit vers un rocher, dernières secondes tremblantes, assourdissantes, avant l'ultime déflagration.

– C'est la faute d'Isaac!

La piété ne dure que lorsqu'elle est convenante. Cette foule jusqu'alors humble et déférente, brusquement obscène, profanant ces ruines saintes, parjurant tout ce qu'elle était venue trouver ici. La fureur, plus enivrante qu'un cantique, que le crépuscule, que les pleines lunes. La foule se dispersa, essaim noir sur les dunes, s'en alla saccager l'autel du promontoire, encercla la maison d'Alan ; partout, des cris, des injures, des poings tambourinant aux portes et aux volets, des rocs, des pots de terre, tout ce qu'on pouvait trouver sous la main balancé contre cette maison maudite.

Et au loin, au bout de la route, Hugo regardant ce chaos, paralysé, le même nœud serrant son ventre.

Le jour quittait la côte. Cet instant singulier où la lumière retombait, enveloppant l'espace d'un bleu marine et humide. Le calme, pareil aux autres soirs. Les derniers rires des goélands, la marée montant sur la grève, immuable, tout sur cette terre obéissant à un même ordre, et toute la peine des hommes étant de ne pas le suivre.

Sœur Anne avançait, sa robe retroussée d'une main, se hissant d'un rocher à un autre ; son pied glissait parfois et elle s'arrêtait, le cœur battant, voyant la mer qui progressait et changeait les récifs à quelques mètres. Derrière elle, la côte était désertée. La foule avait fini par se disperser, lasse de sa colère, un peu étourdie aussi, comme quand l'ivresse se dissipe et rend à l'esprit la conscience de ses gestes. Sur place, les vestiges de cette émeute, la maison d'Alan écorchée, ses battants enfoncés ; le promontoire et son autel saccagé, les chapelets gisant au sol, partout, des vases rompus, des fleurs piétinées, la statuette de la Vierge brisée.

Ce lieu de toutes les prières jusqu'ici, et désormais la seule désolation. À l'écart, sœur Anne avait attendu que la dernière silhouette se fût éloignée avant de glisser le long de la pente et d'atteindre le premier rocher. Elle aurait dû s'en aller déjà la veille, dès qu'elle s'était retournée vers Julia, dès qu'elle avait deviné son souffle court et sifflant. L'enfant était à l'hôpital à présent, elle l'avait appris en même temps que la foule, et elle enjambait chaque rocher humide, sans hésiter, sans vouloir autre chose que rejoindre cette frontière.

Un seul pas la séparait maintenant de la mer. La houle se brisait sous ses pieds, mouillant ses chevilles, pareille à des doigts glacés qui venaient la tirer vers les fonds. Elle s'accroupit sur ce dernier rocher ; au loin, Roscoff, sa silhouette sombre, son clocher s'élevant au-dessus des toitures ; le bleu obscur du ciel, presque mauve, souligné d'une traînée ocre qui disait les ultimes instants du jour ; cette lumière, tombant sur ce pays d'une façon si particulière, sœur Anne n'en avait jamais vu de pareille à Paris ; c'était l'évidence, l'origine, tout ce que les hommes cherchaient dans la prière et dans les sciences, ici, sur cette côte, elle l'avait finalement trouvé, et c'était désormais trop tard.

Elle prit une inspiration et se pencha vers l'eau noire.

– Ma sœur.

Elle ne sut d'abord si la voix provenait d'elle-même, si son esprit chavirait déjà, car depuis un moment elle n'entendait que la mer, sa mélopée troublante, grandissante, prête à l'engloutir tout entière.

– Sœur Anne.

Elle se retourna, un peu effrayée, et n'aperçut d'abord rien d'autre que cette main tendue vers elle. Elle avait pourtant attendu d'être seule. Elle avait voulu partir sans être retenue, espérant que la mer la prendrait sans jamais recracher son corps. Elle n'avait pas remarqué, là-haut, à l'étage de cette maison qu'on avait tenté de forcer, le Velux de la chambre entrouvert, discret : hissé sur son lit, Isaac l'avait aperçue, au loin, cette robe bleue sur les récifs sombres, chancelante, glissant parfois, avançant droit vers la mer. Le calme était revenu au-dehors, et il avait ouvert son Velux, sans bruit, afin de s'assurer que la cohue s'était dissipée. Il n'avait pas voulu tromper la foule tout à l'heure. Il s'apprêtait même à sortir, sa main sur la poignée, lorsqu'il avait entendu ce vrombissement, en haut de la côte, la 2CV dévalant la route, arrêtée brusquement sans qu'il sût pourquoi. L'émeute avait suivi, bourdonnement assourdissant encerclant sa maison, et il était demeuré près de son père, recroquevillé au milieu de l'escalier, se demandant laquelle des fenêtres allait céder en premier.

– Venez, ma sœur.

Cette voix qui l'appelait, l'invitait à revenir, et la mer derrière elle, susurrante, l'appelant elle aussi. Sœur Anne ne bougeait plus. Elle était pétrifiée sur ce rocher, sentant sous ses pieds cette peau rude et glissante, son équilibre fragile, le prochain mouvement serait le dernier. Un sursaut l'ébranla soudain : le ressac contre un rocher, cette eau glacée l'enlaçant jusqu'au ventre. Elle attrapa cette main qui l'attendait, l'instinct avant la pensée, et tout convergea alors vers cette étreinte, première chaleur retrouvée, la liant à nouveau au monde ; elle se laissa emmener, survolant les éboulis de roches noires, ne craignant plus de glisser, voyant la marée qui tentait d'attraper ses chevilles, furieuse de la voir ainsi renoncer ; elle étreignait cette main, s'accrochait à ce garçon qui était venu la trouver, au-delà de toute attente, au-delà de toute prière, jamais aucun instant ne serait à la hauteur de cette reconnaissance.

Une pente, puis l'herbe, à nouveau : elle était revenue, oui, cette terre sous ses pieds, ce sol auquel les hommes appartenaient ; au loin, la mer, lit de pétrole, gouffre immense entre les deux côtes ; et ce rocher, sur lequel elle se trouvait un instant plus tôt, à présent disparu, elle avait beau le chercher, il n'était plus nulle part, noyé sans elle. Elle grelottait, du ventre jusqu'aux épaules, et c'était moins le froid que la conscience, celle d'avoir été là-bas, dans cet espace désormais submergé, quelques secondes d'écart auraient suffi.

À côté d'elle, Isaac la regardait, un peu inquiet, voulant s'assurer qu'elle n'allait pas repartir vers la mer. Ce visage qu'elle avait détesté si violemment, si clair dans la pénombre, plein d'une douceur qu'elle n'avait pas su voir. Elle sentait encore dans sa main la sensation de leur étreinte, cette empreinte qui ne la quitterait pas, à jamais au creux de sa paume, comme si cette côte daignait finalement lui laisser quelque chose.

– Vous devriez y aller, la dernière vedette part dans vingt minutes. Je dois rentrer, mon père pense que je suis dans ma chambre.

L'adolescent s'enfonça dans la pénombre, comme s'il n'était jamais apparu, comme si sœur Anne avait rêvé qu'il était venu jusqu'à elle, là-bas, au bout de ce cimetière de rochers. À son tour, elle s'en alla, un peu désemparée, remonta le sentier qui rejoignait la route. Les vagues étouffaient derrière elle tout autre bruit, et elle n'entendit pas le corps qui s'écroula au sol. Elle se pressait vers le port, sa robe qu'elle retroussait à deux mains, hâtant le pas sous la lueur des réverbères ; en contrebas les coups s'abattant, s'acharnant sur le visage qu'elle venait de quitter, et ce souffle, rauque, animal, grondant dans la nuit.

Michel Bourdieu amena ses mains sous le robinet ouvert, l'eau glacée heurta ses doigts endoloris. Il frotta ses mains, lentement, le regard impavide. Sa peau boursouflée. L'eau s'écoulant en un rouge clair. Il tenta d'ouvrir les poings, sans y parvenir, la douleur crispant ses phalanges. Des gouttes s'éparpillaient, écarlates, contrastant avec la blancheur de l'évier. Dans le vestibule, un sac était prêt depuis le début de soirée, des vêtements pour Julia, ainsi que pour sa femme restée auprès de leur fille à l'hôpital. Il leur apporterait le lendemain matin. Les revoir, toutes les deux, serrer sa femme dans ses bras, embrasser sa fille sur le front, cette perspective gonfla son cœur, le rendit profondément heureux : oui, Michel Bourdieu souriait au-dessus de l'évier, le sang collé à sa peau, ses poings contractés qu'il ne pouvait plus ouvrir, comme s'il donnait toujours des coups, comme s'il sentait encore la mort pénétrer dans le corps d'Isaac.

C'était au-delà de ce qu'Hugo avait pu imaginer. Son pressentiment, nœud de fer dans son ventre depuis des jours, n'était en rien à la hauteur de ce qu'il ressentait à cet instant : c'était la nausée désormais, épouvantable, tandis qu'il dévalait la route en courant, traversait l'obscurité de l'île comme si le jour se levait. Il avait compris, dès qu'il avait surpris son père dans la cuisine, dès qu'il avait aperçu ses mains rougies, ce sang que l'eau ne parvenait pas à laver; il avait compris et pourtant il avait voulu aller voir, donner tort à son intuition, quelques secondes encore pour se permettre de ne pas croire.

Là, sur le bas-côté de la route, dépassant des pelouses, ce bras à terre; entre les herbes, les cheveux bouclés, le sang encore humide; ce front méconnaissable, déformé par les coups.

Au-dessus de la côte, des fissures diaphanes : les nuages s'espaçaient, laissant percer la lune décroissante, sa clarté encore vive tombant sur chaque chose : le relief des rochers, luisant, argenté; la mer de pétrole, son chatoiement, la clarté dans ses vagues; le sable de la grève, les pelouses littorales, les traînées de varech, tout sur l'île touché par cette même nitescence. Hugo finit par apercevoir ce ciel morcelé : les nuages défilaient, transparents sous la lune, dessinant son halo nébuleux. Il délaissa le corps à ses pieds et suivit cette clarté. La lune, seul repère, seule chaleur ce soir. Sous ses pas, la pente descendant vers la grève, le sable blanc, profond et froid, puis devenant plat et humide. Aux alentours, des chuchotements, des bruissements, des voix, partout, ce n'était pas le silence qu'il avait connu jusqu'ici, ou alors, il s'était trompé, il avait confondu l'absence de bruit avec l'absence d'autres vies, oui, car tout semblait vraiment commencer dès que tout se taisait. Soudain, l'eau contre ses chevilles, glacée, presque douloureuse ; lui qui n'avait jamais mis un pied dans la mer, n'avait jamais plongé dans une piscine, la crainte de l'eau plus grande encore que la crainte de son père. Il s'enfonça dans ce lit mouvant, fixant les lueurs du ciel, attendant de n'avoir plus pied, attendant la première vague.

L'averse qui tombe sur la maison. Grelot de gouttes frappant les carreaux, la toiture, suffoquant la maison silencieuse. Dans la chambre, sœur Anne, immobile, face à la fillette qui la regarde. Elle ne dit rien, étonnée d'être enfin vue, de trouver pour la première fois le regard de l'enfant.

Un grincement au pied de l'escalier, lui qui vient à l'étage. La fillette l'entend aussi et ne s'inquiète pas : dans ses yeux, la confiance, inattendue, émouvante. Sœur Anne se dirige vers la porte, cherche dans la pénombre, finit par s'arrêter sur un objet inconnu ; elle l'étudie, s'assure de ce qu'elle découvre ; un verrou, oui, sous la poignée, un verrou. Sur le palier, des pas, le voilà déjà à l'étage, approchant de la chambre. Sœur Anne tourne le verrou. Sous ses doigts, tout ce qu'elle n'attendait plus, ce bruit de serrure, la porte qui s'ancre dans le mur. De l'autre côté, son père comprend, se jette contre la porte. Sœur Anne recule d'un pas, regarde cette poignée qu'il agite, qu'il tente de forcer, la pression qui s'aggrave, la colère, la porte qui tremble, et soudain, tout cesse.

Les pas s'éloignent sur le palier, redescendent l'escalier. Bientôt, rien ne s'entend plus que l'averse, abondante, lavant tout au-dehors.

Sœur Anne se retourne : sur le lit, la fillette a disparu.

Sœur Delphine secouait ses épaules, doucement, l'appelant à voix basse, tentant de la ramener sans la surprendre :

– Sœur Anne…

Elle l'avait entendue marcher dans sa chambre et était venue frapper à sa porte ; sans réponse, sœur Delphine avait ouvert, découvrant la religieuse debout, devant la porte, habillée de sa chemise de nuit, ses yeux verts grands ouverts, pétrifiés, retenus en un autre monde.

Elle l'appela, encore, et sœur Anne sembla revenir. Elle regarda autour d'elle, confuse, sans comprendre comment elle avait quitté sa chambre d'enfant. Le crucifix au-dessus de la porte, son armoire vide, sa valise sur le parquet, aujourd'hui était le jour de son départ, sœur Anne s'en souvenait à présent.

– Vous allez bien ?

Sœur Delphine retenait ses bras, inquiète, un peu troublée aussi, comme si elle venait de surprendre malgré elle l'un de ces mystères qui faisaient toute l'aura de sœur Anne.

Cette dernière amena ses mains contre les siennes : elle souriait, timidement, ses lèvres tremblant un peu, n'osant pas encore admettre cet instant.

– Tout va mieux, ma sœur.

Sœur Delphine versait le café lorsqu'on frappa à l'entrée. Elle posa la cafetière et alla ouvrir. Assise à table, sœur Anne beurrait le pain. Elle avait coiffé ses cheveux de son voile bleu, accroché la médaille miraculeuse autour de son cou ; un peu plus tôt, en s'habillant, il lui avait semblé qu'elle faisait ces gestes pour la première fois, son col blanc qu'elle avait ajusté, sa robe bleue qu'elle avait époussetée face au miroir, se découvrant dans son habit de religieuse. Tout paraissait nouveau ce matin. Elle entendit la porte d'entrée s'ouvrir, des voix, sans y faire attention. Elle songea à son voyage. Le bus pour Morlaix, son train dans l'après-midi. Elle avait décidé de passer par l'hôpital. Elle allait se rendre au chevet de Julia, confesser à sa mère ce qui s'était passé, cet après-midi où elle avait fait courir sa fille jusqu'en haut de la côte. Elle n'attendait aucun pardon. Elle voulait simplement lui dire qu'il était inutile d'adresser le moindre reproche au ciel : aucun malheur ne vient jamais d'en haut.

– Sœur Anne.

Sur le seuil, père Erwann, sa mine grave. Il paraissait vieilli soudain, oui, sa bonhomie, sa jeunesse disparues tout à coup de son visage rond et glabre. Derrière lui, sœur Delphine se signant de sa main ridée, allant prendre appui sur le dos d'une chaise.

– Je ne vais pas y aller par quatre chemins… On a trouvé Isaac mort ce matin. Madenn l'a découvert. Elle a hurlé… jusqu'à en perdre la voix complètement.

Sœur Anne réalisa que le couteau à beurre était toujours dans sa main. Elle le reposa sur l'assiette. L'air manquait dans la cuisine. Elle se releva, s'approcha de la fenêtre, celle-ci s'ouvrait sur la promenade longeant la mer. Dans la rue, pas une brise. L'air, immobile, sans un souffle venant effleurer sa joue. Elle se pencha en avant : au-dessus de la mer, quelques nuages stationnaires, fixés au ciel. Aucun goéland de passage, aucun rire ce matin. Et cette mer, parfaitement lisse, sans un remous, aucun mouvement nulle part aux alentours. Elle aurait préféré voir une tempête, le grondement, la houle, les lames, oui, la fureur plutôt que cette côte pétrifiée et muette.

Sur la route, un chat surgit de nulle part, détala à toute allure. Les premiers cris au loin. L'instinct, comme une évidence, et sœur Anne s'agrippa à la fenêtre, ferma les paupières ; elle n'entendit alors plus rien de ce qui tomba sur cette côte.

Quatorze ans plus tard

– Mon frère a pu être retrouvé. La mer a ramené son corps après le séisme. C'est comme si elle savait qu'il n'avait pas sa place dans l'eau. Je me souviens que je l'avais remerciée de nous l'avoir rendu. C'est absurde de parler à ce qui ne vous répond pas. Vous me direz que c'est le principe de la prière. Nous l'avons enterré à Roscoff. Ma mère avait longtemps hésité : après tout, cette côte lui avait pris son fils, elle n'allait pas maintenant le lui laisser. Puis elle s'est souvenue de tous ces soirs où Hugo sortait étudier les constellations. Mon frère n'avait jamais si bien pu observer les étoiles qu'en Bretagne... Ma mère avait voulu qu'il puisse les voir encore. Le ciel est particulier là-bas. On a l'impression que c'est lui qui vous regarde, plutôt que l'inverse. Vous voyez ? Je parle encore de façon abstraite, décidément. Tous ces enterrements ce jour-là... La foule m'avait impressionnée. Des gens étaient venus de toute la région pour honorer ceux qui avaient été emportés. Le raz-de-marée avait touché presque toutes les maisons sur l'île. La nôtre, il n'en restait rien que des décombres. On n'a jamais recensé d'événement pareil à cet endroit. Mon père, lui, n'a pas été retrouvé : à ce jour, il est toujours officiellement disparu.

Un filet d'air passait par la fenêtre entrouverte, soulevant la poussière des étagères. Dans la bibliothèque, d'anciennes reliures, des hagiographies, quelques éditions en latin du Nouveau Testament. Le temps avait flétri certaines couvertures, et personne ne se hasardait plus à les toucher, par crainte de voir les pages s'effriter sous les doigts.

La mère supérieure croisa les mains sur son bureau. Elle avait écouté ce récit avec gravité, comprenant mieux ces événements qui avaient profondément bouleversé sa Maison Mère quatorze ans plus tôt.

– Et Isaac ?

– On ne l'a jamais retrouvé non plus.

La jeune fille face à elle, droite sur sa chaise, les mains posées sur son sac, presque stoïque, tenant ces souvenirs à distance.

La mère supérieure soupira et se tourna vers la fenêtre.

– Vous la trouverez dans les jardins.

Elle la reconnut au détour d'une allée, à genoux, binant la terre sous les rosiers, ses cheveux découverts, grisonnants, tressés en une longue natte tombant jusqu'en bas de son dos, un tablier de jardinage noué par-dessus sa robe beige. Elle n'avait plus rien d'une Fille de la Charité, pourtant c'était bien elle, son même profil gracieux, sa silhouette élégante, désormais distincte des autres religieuses du couvent.

Tout occupée par ses rosiers, sœur Anne mit un instant à remarquer la jeune fille debout à son côté. Elle lui adressa un sourire amical.

– Vous êtes postulante ? Vous cherchez le bureau de la mère supérieure ?

– Je suis Julia. Bourdieu.

Dans le cloître, une brise tiède. Les frondaisons des arbres, frémissantes, susurrantes. Autour des mangeoires, des moineaux, piaillant, picorant, allant et venant sur les branches.

Sœur Anne se tourna vers les rosiers, n'osant plus

regarder celle qu'elle reconnaissait maintenant. Elle ne l'avait pas vue depuis cette dernière fois. La côte fantomatique. Cet espace voilé de crachin. Rien d'autre que ce gris sans limites, puis le vide tout près d'elle. Et cette enfant, ses cheveux mouillés, son visage crispé par l'effort et la peur, à présent face à elle, grandie, souvenir vivant au milieu de ce cloître, revenue trouver sa conscience.

– Je ne vais pas vous déranger longtemps, sœur Anne.

– Je m'appelle Alice, à présent.

Elle se releva, un peu chancelante, lui indiqua un banc à proximité. Dans les jardins, le printemps, sa lumière tendre, ses fleurs naissantes, ses parfums que l'hiver avait oubliés. Elles s'assirent côte à côte. Julia posa à nouveau ses mains sur son sac, droite, inflexible, la rigueur du corps comme seul ascendant sur l'émotion.

– Je vais être brève, je n'aime pas m'épancher sur le passé. Je ne sais pas exactement pourquoi vous avez cherché à m'emmener sur la pointe ce jour-là… Vous n'étiez pas vous-même, je l'ai vu. C'est comme si vous souhaitiez me faire mal. Mais… au final, c'est bien comme ça que vous m'avez sauvée : grâce à vous, je n'étais pas sur l'île le jour du séisme.

Comme si on prononçait son remords à voix haute, sœur Anne se retourna, son regard plein d'effroi. Elle n'était finalement jamais venue à l'hôpital. Elle avait renoncé à se rendre au chevet de Julia, à confesser à sa mère qu'elle était responsable de sa crise d'asthme. Elle avait fui cette côte qui avait tremblé, renoncé à son habit de religieuse, et elle était demeurée ici, lavant ces lieux qu'elle n'habitait plus comme les autres, ne se levant plus pour les laudes, désormais simple laïque ; elle avait délaissé toute émotion trop vive, continué cette vie sans félicité, et c'était pour le mieux : le repos n'est possible que dans l'indifférence.

Elle se pencha en avant, essuyant brièvement la terre collée à ses mains.

– Cette catastrophe qui est arrivée… C'était un juste retour des choses… Le ciel qui a rééquilibré…

– Il y avait des séismes dans la région depuis des semaines. C'est arrivé parce que c'est arrivé. C'est tout.

Au détour de l'allée, deux religieuses apparurent ; dans ce cloître vieux de trois siècles, on s'étonnait parfois de ne pas voir surgir des silhouettes à cornette, étonnantes et fascinantes, flottant dans leurs larges robes noires, un chapelet accroché à la taille. Elles saluèrent les deux femmes d'un sourire ; leurs visages étaient doux, sans âge, préservés du temps par cette vie de prières et de services aux autres. Elles disparurent à l'angle.

Julia se releva du banc, ajusta son sac sur son épaule.

– Ce que je suis venue vous dire, c'est que la seule coïncidence de cette histoire, je vous la dois. Je me suis retrouvée aux urgences, et c'est ce qui nous a sauvé la vie, à ma mère et à moi.

Elle n'avait pas changé : c'étaient ces grands cheveux ébène, ce regard vif, attentif à chaque chose, sans jamais rien en dire ; et cette rigidité du corps, nouvelle, taisait cependant tout son contraire, une fougue qui habitait Julia depuis l'enfance et que sœur Anne devinait encore, là, juste sous sa peau.

– Et ton asthme, Julia ?

Julia oubliait qu'elle avait été asthmatique. La dernière crise remontait à cette fois qu'elle venait d'évoquer. Depuis, elle avait découvert la liberté, l'élan, le souffle ; elle était revenue en ville, sans souffrir de sa pollution, sans être gênée par la fumée de tabac en soirée ; elle avait grandi, songeant de moins en moins à cette autre vie, doutant même parfois de l'avoir vécue.

– Aucun médecin n'a jamais compris.

La lumière changea, une percée, radieuse, illuminant le cloître. Alors, le souvenir, quatorze ans plus tôt : ce jour d'hiver ensoleillé, cette promenade sur les hauteurs de l'île, ses parents, détendus, souriants, cette religieuse à qui ils faisaient découvrir l'endroit. Julia se rappelait. La clarté de la grande grève. Les sentiers sillonnant la côte. L'azur, immense, partout où l'œil regardait, donnant un vertige heureux. Et sœur Anne, dos au soleil, nimbée d'un halo, lui contant les miracles de la Sainte Vierge ; elle était aujourd'hui vieillie sur ce banc, un peu triste aussi, même si la tendresse du regard demeurait inchangée.

Julia ajusta maladroitement la sangle sur son épaule.

– C'est le hasard. C'est tout.

Elle tourna les talons, fuyant ce souvenir qui avait su la retrouver. Sœur Anne écouta ses pas s'éloigner sur le gravier. Lentement, elle vint chercher sous son col la médaille miraculeuse, celle-ci était tiède. Elle la garda sous ses doigts et demeura assise.

Au-dessus des toits, des cris de goélands annonçant à Paris le crépuscule. La brise dans le cloître, tiède, presque salée, son parfum piquant de varech. Sœur Anne étreignit sa médaille, contemplant ces jardins où elle méritait, peut-être, d'avoir toujours une place.

DU MÊME AUTEUR

Aux éditions Albin Michel

LE BAL DES FOLLES, 2019